Britta Möller

Seelenstolz

Du bist nicht, was dir passiert ist.
Du bist, was du daraus gemacht hast.

Verlag: BoD · Books on Demand GmbH,
Überseering 33, 22297 Hamburg, bod@bod.de
Druck: Libri Plureos GmbH,
Friedensallee 273, 22763 Hamburg
ISBN: 978-3-7543-2560-5

Danksagung

Mein besonderer Dank gilt Kristin Bohse – Autorin und Wegbegleiterin.

Mit viel Herz, Feingefühl und ihrer eigenen Erfahrung als Schriftstellerin hat sie Seelenstolz neu überarbeitet und dem Buch eine kraftvolle Tiefe verliehen.

Durch ihre emotionale Stärke und ihr feines Gespür für die Essenz der Worte hat sie Seelenstolz einen würdevollen Platz gegeben und die Botschaft des Werkes in besonderer Weise bewahrt.

Ihre Hingabe, ihre Liebe zur Sprache und ihr Verständnis für die Seele dieses Buches haben es nicht nur ergänzt, sondern neu erstrahlen lassen.

Danke, liebe Kristin, für deine großartige Arbeit, dein Vertrauen und deine einfühlsame Begleitung auf diesem Weg.

Inhalt

Das andersartige Mädchen

Inmitten einer schroffen Berglandschaft des englischen Nordens zwischen steilen Gletschertälern und unergründlichen Seen, kam ein Mädchen mit blonden Locken zur Welt.

Ihr Aussehen glich einem Engel und ihre Eltern gaben ihr den Namen »Sophia«, kleideten sie in weiße engelhafte Kleidchen und stellten sie stolz zur Schau. Ihr kleiner Engel sollte herausragen, allerdings auf die Weise, wie sie es sich wünschten. Sie sollte das Musterbeispiel eines »guten« Mädchens sein und alle in ihrer gesellschaftlich angemessenen Rolle noch überflügeln. Nicken, lächeln, demütig den Kopf neigen und tun, was man von ihr verlangte.

Sophia war besonders, allerdings nicht auf die dressierte Art, wie ihre Eltern es sich wünschten. Sobald Sophia die Worte kannte, die es brauchte um zu beschreiben was sie sah, zeigte es sich, dass sie anders war, als die anderen Kinder ihres Dorfes.

Während die anderen sich um Spielsachen und Spielregeln stritten, wetteiferten wer der bessere, schnellere, schlauere sei, erzählte Sophia von Engeln, die sie begleiteten und beschützten.

Weder ihre Freunde noch ihre Eltern glaubten ihren übersinnlichen Erzählungen. Sie lächelten, streichelten ihr über den Kopf und erzählten ihr, dass es so etwas nicht wirklich gäbe und es Träume seien und ihre eigene Fantasie. Das würde sie sehen, wenn sie älter sei.

Schlimmer noch: Als Sophia wiederholte was sie sah, lachten ihre Freunde sie aus und sie konnte spüren, wie unangenehm es ihren Eltern wurde. Nachdem sie von ihrem Vater bei einem Familientreffen abgezischt wurde, sie solle aufhören solch einen Unsinn zu erzählen und ihre Mutter es mit einem nervösen Lachen und »in dem Alter haben die Kleinen immer so absurde Ideen!« abtat - vertraute sie sich nur noch ihrer Großmutter Florence an. Sie schien als einzige zu wissen, wovon Sophia sprach.

Florence gab Sophia Halt und allem voran Raum, die Welt zu entdecken, wie Sophia sie sah und half ihr sie zu verstehen. Sie bestärkte das Kind in seinem Anderssein, wie es keiner aus der Familie oder Freundeskreis sonst tun konnte.

Ihre Eltern hatten sich ein Kind gewünscht, das man zeigen konnte und nicht verstecken musste.

Sophias Großmutter aber erkannte, dass ihnen dieser Wunsch gewährt worden war, wenn sie es nur sehen würden. Aber blind vor Normalität konnten sie Sophia nicht das Zuhause oder die Anleitung geben, die sie brauchte.

Solange Florence lebte, erfüllte sie eine Rolle, die Sophias Eltern nicht übernehmen konnten.

Gemeinsam verbrachten sie viel Zeit draußen in der Natur und Sophia lernte eine Menge über Tiere sowie Pflanzen und ihre Heilwirkung.

Eine besondere Freundschaft entwickelte Sophia zu Pferden. Bis ins Erwachsenenalter hinein verbrachte sie den größten Teil ihrer Freizeit auf einem nahegelegenen Gestüt.

Durch ihr Einfühlungsvermögen und ihre Beobachtungsgabe baute sie schnell Vertrauen zu den Tieren auf. Es fiel leicht, das

Verhalten der Pferde und ihre Körpersprache zu verstehen und ihre Bedürfnisse zu erkennen, wenn andere es nicht taten.

Das gleiche Maß an Empathie brachte sie auch den Menschen gegenüber auf, auch wenn sie gelernt hatte ihnen gegenüber nicht zu viel davon preiszugeben, was sie in ihnen sah. Sophia schien etwas auszustrahlen, was die Menschen um sie herum veranlasste von ihren Sorgen und Wünschen zu erzählen, ob Sophia sie nun darum gebeten hatte oder nicht. Es war mehr als ein einfaches tieferes Zuhören, sie fühlte mit ihnen, spürte Emotionen, sah Bilder, Ereignisse oder Menschen aus Vergangenheit, Gegenwart oder Zukunft.
Nicht nur die Reaktion der Menschen aus ihrer Kindheit lehrte sie, dass diese Fähigkeit eine besondere Gabe war, mit der sie achtsam umgehen musste.

Auch heute machte sie immer wieder die Erfahrung, dass sie belächelt wurde, wenn sie zu viel erzählte oder schlimmer: dass sich die Menschen ihr komplett verschlossen und abweisend wurden. Also bewahrte sie vieles was sie sah, anfänglich für sich und vertraute sich nach dem Tod ihrer Großmutter kaum jemandem an.

Zu diesen Erfahrungen erweiterte sie ihr Wissen in Kräuterkunde und fand letztendlich ihre Berufung in der ganzheitlichen Lehre von Körper, Geist und Seele. Auf dem Weg dorthin gab es Zeiten, in denen Sophia an sich und ihren Fähigkeiten zweifelte. Vielleicht stimmte das, was ihre Eltern und Freunde so oft zu ihr gesagt hatten und sie hatte einfach eine etwas zu ausladende Fantasie?

Aber wieso traf sie dann so oft den Kern eines Problems, dass die Menschen ihr gegenüber hatten, den Schmerz, den sie mit sich trugen? Warum wusste sie so schnell ob ihr Menschen die Wahrheit erzählten oder eine Fassade aufsetzen obwohl sie ihnen gerade erst begegnete?

Es gab so viele Fragen, auf die sie keine Antwort hatte.
In solchen Momenten überwandte sie sich und vertraute sich anderen an. Es waren stets ältere, betagte Frauen, denen das Leben bereits gezeigt hatte, dass es mehr gab als diese dünne Schicht des alltäglich Sichtbaren, etwas, was dahinterlag, was das müde Auge nicht sehen konnte.

So auch Mary - eine von Sophias Kunden, die sie in ihrer kürzlich eröffneten Massagetherapie-Praxis behandelte. Auch sie schien hinter das Alltägliche blicken zu können, denn sie sprach Sophia an, als sich folgendes zugetragen hatte, obwohl sie nicht unmittelbar dabei gewesen war.
Sophia hatte einige Tage zuvor einen Kunden behandelt, als dieser plötzlich anfing, sie zu bedrängen.
Ein Gefühl der Hilflosigkeit überfiel sie, sie war wie erstarrt. Warum nur fühlte sie sich so wehrlos und reagierte so heftig darauf?

Mary offenbarte sich, nachdem ihr Sophia von dem Geschehenen berichtet hatte, als spirituelle Frau und bot Sophia an, ihr mit einer geführten Rückführung Antworten auf die Fragen zu geben, die Sophias Verstand allein nicht beantworten konnte.

Mary führte Sophia in einen Trancezustand, ihr Körper und Verstand trat zurück, aber ihr Geist war hellwach und sie folgte Marys Stimme durch ihr früheres Leben.

Zeit hatte keine Bedeutung, Bilder zogen wie in einem Film an ihrem Auge vorbei, aber es war kein reines Sehen und Hören, sie konnte spüren und schmecken: Wärme, Kälte, Freude, Angst, Hoffnung, Enttäuschung... jeder Moment fühlte sich an, als würde sie ihn noch einmal erleben. Alle auf einmal.

Sie sah: Elisabeth.

Elisabeth

Elisabeth lebte im 11. Jahrhundert auf einem kleinen Bauernhof, nahe eines Dorfes, das an einem Fluss und lag der sich durch bewaldete Hügel und niedrige Berge schlängelte.

Sie war eine junge fröhliche Frau, die im ganzen Land für ihr außergewöhnliches Wissen über Heilpflanzen bekannt war. Selbst in den Kreisen des neuen und alten Adels nahm man ihre Heilkünste in Anspruch.

Eines sonnigen Tages wurde Elisabeth gebeten in die nahegelegene Burg zu kommen, die auf der anderen Seite des Flusses auf einem Berg thronte.

Der Weg dorthin führte sie über Felder die sich unterhalb der Felsen über das Tal ergossen. Am Ufer des breiten im Sonnenlicht glitzernden Flusses entdeckte sie heranwachsende Heilkräuter. Fasziniert von ihrem Duft und ihrer schlichten Schönheit, pflückte sie diese. Sie legte sie zu den anderen Kräutern, die sie für ihren Krankenbesuch von zuhause mitgenommen hatte, in den Korb.

Sie überquerte den Fluss und ging an den üblichen Karren und Reitern vorbei, die das Schloss mit Waren und Nachrichten belieferten.

Als sie die Zugbrücke überquerte, empfing sie ein junger Mann unter dem hohen Torbogen, der beauftragt worden war nach ihr Ausschau zu halten, um sie ans Krankenbett zu führen.

Durch seine freundliche und ausgelassene Art herrschte sofort eine leichte, beschwingte Stimmung zwischen den Beiden.

Sie wunderte sich nur kurz über den teuren Stoff aus dem seine Gewänder waren. Es schien ihr zu nobel für einen einfachen

Bediensteten, der dazu abgestellt worden war sie durch die Burg an den Ort ihrer Bestimmung zu führen.

Aber bevor sie sich weitere Gedanken machen konnte, nahm sie ihre Aufgabe gefangen. Sie trat an das schwach beleuchtete Krankenbett, sprach mit dem Kranken, nahm seine Beschwerden in Augenschein und versorgte ihn mit Kräutern und Tinkturen und die dabei stehenden Bediensteten mit Anweisungen, wie er in den kommenden Tagen behandelt werden sollte.

Schließlich wurde sie entlassen und man schien ihr zuzutrauen den Weg allein hinaus zu finden. Am Ende des langen holzvertäfelten Flures angekommen, holte sie der junge Mann ein, der sie zuvor ans Krankenlager geführt hatte.

Er lächelte und begleitete sie hinaus und während er das tat, fragte er nach ihrem Namen, wo sie herkomme und ob sie noch einen weiten Weg vor sich habe.

Während sie sich vorstellte, begleitete er sie hinaus, bis auf die Brücke hinter dem Tor. Der sonst stete Trubel dort war kurzzeitig verklungen, denn die meisten Fuhrleute und Arbeiter, die die Burg für ihre Dienste betraten und verließen, erholten sich in der Gaststube am Fuße des Berges von ihrem Tagewerk.

»Nun, Elisabeth – mein Name ist Richard von Ravenshire, und es war mir eine Ehre, Euch kennenzulernen.«

Sie hielt seinem Blick stand, ein leichtes Lächeln auf den Lippen – halb verwundert, halb nicht. Der Sohn des Grafen/Barons also. Aber ihm fehlte die reservierte Kälte, die viele Burgbewohner an sich hatten. Kein herablassender Blick, keine Angst vor dem gemeinen Volk, keine Distanz, die ihr sonst nur durch ihre Gabe erspart blieb – jener unsichtbare Abstand, der selbst die Höflichsten von den Bauern, Fuhrleuten oder Tavernenwirten trennte.

Er hatte noch Leben in sich, das nicht von Titeln und Macht erstickt worden war. Und während er sie begleitet hatte, war sie mehr gewesen als nur eine Frau, die gerufen worden war, um ihren Dienst zu tun.

In der Burg im Krankenzimmer, hatten die Adligen sie »entlassen«. Doch Richard hatte sie verabschiedet.

Und es sollte nicht das letzte Mal gewesen sein.

Einige Tage später, während Elisabeth in ihrem Garten das Unkraut zupfte und die ersten Beete nach dem Winter für Mangold und Rüben vorbereitete, hörte sie das rhythmische Klappern von Hufen, das sich durch das Dorf näherte.

Sie richtete sich auf und wischte sich eine Haarsträhne aus dem Gesicht, während ihr Blick zur Straße wanderte. Von hier aus konnte sie den Weg gut überblicken – und sie erkannte ihn sofort.

Richard von Ravenshire ritt auf einem kräftigen, braunen Pferd die Dorfstraße entlang.

Ein Lächeln huschte über ihr Gesicht, als sie ihn wiedererkannte. Ohne es zu wollen, spürte sie, wie ihr Herz einen Schlag schneller schlug, als er an ihrer Pforte die Zügel anzog.

Sie rechnete halb damit, dass er losgeschickt worden war, um sie nach Tinkturen oder einem weiteren Krankenbesuch zu bitten. Doch zu ihrer größten Überraschung trat er mit einem Lächeln an sie heran – einem Lächeln, das der Sonne selbst Konkurrenz machte.

»Verzeiht mir, dass ich Euch mit meiner Unverfrorenheit von Eurem Tagewerk abhalte«, begann er, mit einem Funkeln in den Augen. »Aber ich hatte schon immer ein Auge für das Besondere. Und ich musste mich vergewissern, ob es nur eine

Laune des Tages oder des Lichts war, das an jenem Tage so außergewöhnlich schien.«

Er schwang sich aus dem Sattel und trat näher, sodass er ihr nicht mehr vom hohen Rücken seines Pferdes herab begegnete, sondern auf Augenhöhe, nur getrennt durch die niedrige Hecke. Sein Blick ruhte auf ihr – offen, direkt, als wollte er eine Antwort auf eine Frage, die er nicht laut aussprach.

Etwas leiser fuhr er fort: »Nun kann ich mit Gewissheit sagen – es war keine bloße Laune. Ihr seid wahrlich faszinierend.«

Seine Augen wanderten kurz über ihre Schulter hinweg, über den Garten, das kleine Haus, das sie ganz allein zu bewirtschaften schien. Ein Hauch von Bewunderung lag in seiner Stimme, als er hinzufügte:

»Vielleicht sogar noch mehr als zuvor.«

Es war keine gespielte, keine geheuchelte Bewunderung – das erkannte sie in seinen Augen und noch mehr in der Art, wie er sie behandelte und mit ihr sprach. Wie schon auf der Brücke bei ihrem Abschied: nie von oben herab, nie mit jener Kluft zwischen sich und ihr, die sie sonst stets spürte, wenn sie an das Krankenbett gerufen wurde. Eine unsichtbare Schranke, die immer dann spürbar wurde, wenn es um Menschen ging, die als »höher stehend« galten als das gemeine Volk.

Doch er war anders.

Er war aus freien Stücken gekommen – aus Neugier, aus Faszination. Und er schien unersättlich.

Sie verbrachten viele Stunden miteinander, und noch lange danach blieb er berührt von ihrer Art, die Welt zu sehen. Bezaubernd in ihrer Klarheit, in ihrer Art, selbst den kleinsten Dingen Bedeutung zu schenken.

In diesen Momenten stand die Zeit still. Woher sie kamen, wohin sie gehen würden – all das spielte keine Rolle. Nur das Hier und Jetzt zählte.

Und weil sie einander so viel geben konnten, trafen sie sich weiterhin. Heimlich. Denn diese Verbindung durfte nicht sein. Sein Weg war längst vorgezeichnet, gezeichnet von den Erwartungen seiner Familie – und sie war darin nicht vorgesehen.

Die einzige Frage, die sich seine Familie stellte, war nicht, ob er lieben durfte. Sondern nur, wen er heiraten würde. Eine Frau von gleichem Stand – oder eine, die Einfluss und Macht der Familie von Ravenshire noch mehren würde?

Während sie eines Tages im Mai das Essen auf ihrer Feuerstelle zubereitete, waren ihre Gedanken bei Richard. Anfang des Monats hatten sie sich noch regelmäßig gesehen, doch nun war er seit drei Tagen verschwunden. Keine Nachricht, kein Zeichen. Sie machte sich keine Sorgen – noch nicht. Doch ein leises Ziehen der Sehnsucht lag in ihrem Herzen, stärker als der Hunger, den sie zu stillen versuchte.

Als sie den Haferbrei vom Feuer nahm und mit Butter und einigen Kräutern verfeinerte, hörte sie, wie die Tür aufging. Richard stand dort, im Schein der Abendsonne und ein wenig außer Atem.

Als er die Tür hinter sich schloss, schien für einen Moment alles in der kleinen Hütte stillzustehen. Er trat zu ihr, langsam, als hätte er sich selbst noch nicht ganz entschieden, ob er sie berühren durfte. Doch dann hob er die Hand, ließ die Finger sanft über ihren Nacken gleiten – und zog sie schließlich an sich.. Mit den Fingern der anderen Hand strich er ihr einige Haarsträhnen aus dem Gesicht.

Er sprach nicht. Es brauchte keine Worte. Seine kräftigen Hände, die über ihren Rücken glitten genügten.

Ihr Herz klopfte immer schneller, alle Gedanken, alle Fragen, falls sie jemals welche gehabt hatte, waren verschwunden. Das einzige was zählte war seine Nähe und die Berührung. Und schließlich und endlich drückte er sie fest an sich und berührte das erste Mal seitdem sie sich begrüßt und verabschiedet hatten, ihre Lippen mit den seinen.

Ihre zuerst vorsichtigen Küsse wurden leidenschaftlicher und intensiver. Er zog sie enger an sich, als wollte er die Distanz zwischen ihnen auflösen. Sie ließ sich treiben, vertraute darauf, dass seine Arme sie hielten.

Er hob sie auf den Tisch, ließ den Stoff ihres Kleides langsam zwischen seinen Fingern herabgleiten. Voller Bewunderung sah er sie an und küsste ihre Brüste. Sie zog ihm das Hemd aus. Das sanfte Licht fiel auf seinen Körper, betonte jede Linie - und sie ließ ihre Finger über seine Haut gleiten, als wollte sie ihn auswendig lernen.

Elisabeth lehnte sich zurück und legte sich mit ihrem Oberkörper auf den Tisch. Ihre Beine umklammerten seine inzwischen nackten Hüften. Ihre Bewegungen fanden den gleichen Rhythmus, langsam zuerst, dann von ihrer gemeinsamen Sehnsucht getragen.

Seine Hände berührten ihren Oberkörper und sie genoss es, ihn in sich zu fühlen. Ihr Atem und ihre Lust aufeinander nahmen immer mehr zu und er hob sie behutsam hoch und trug sie zu ihrem Bett hinüber.

Er legte sie auf die einfachen Leinen, die sich in diesem Moment wie Samt anfühlten und berührte ihren ganzen Körper. Es lag ein stummes Staunen in seinem euphorischen Blick, als hätte er so viel Schönheit in seinem Leben noch nie gesehen und noch weniger verdient. Durch seine Blicke und seine Berührungen flüsterte Elisabeth leise in sein Ohr: »Mach weiter so, es ist wunderschön.«

Er lächelte sie liebevoll an und sie liebten sich inniglich. Sein Körper war warm unter ihren Händen, ein sanftes Glühen auf seiner Haut, als hätte die Nacht selbst Spuren hinterlassen. Sie strich ihm über das Gesicht, spürte die Wärme seiner Wange an ihren Fingerspitzen, bevor sie die Hand an ihr eigenes Herz legte – als wolle sie ihn dort bewahren.

Zeit war bedeutungslos, noch mehr noch als bei ihren vorherigen Treffen, Gesprächen und tiefen Blicken. Sie verloren sich in der Nacht, bis Zeit keine Bedeutung mehr hatte.

Irgendwann hatte sich die Dunkelheit in sanftes Morgengrauen verwandelt. Elisabeth hätte es kaum bemerkt, wenn er nicht plötzlich die Stille gebrochen hätte - seine Lippen nur einen Atemzug von ihrem Ohr entfernt.

»Danke, Elisabeth.« Seine Stimme war leise, aber unnatürlich schwer. »Danke - für den schönsten Abschied, den ich mir hätte wünschen können.«

Ihre Finger spannten sich, als wäre es ihr Körper, der sich gegen seine Worte wehrte. Sie hatte die letzten drei Tage damit gerechnet und die letzten Stunden gehofft, es würde nicht bedeuten, dass kam, was kommen musste.

Er atmete tief durch, als müsste er sich selbst dazu zwingen, es auszusprechen.

»Mein Vater hat mir sein Amt übertragen. So Wilhelm es will, werde ich es antreten.«

Seine Stimme war ruhig, zu ruhig. »Ich werde dich nicht wiedersehen können.«

Der Abschied dauerte länger als die Nacht - und doch verging er zu schnell. Sie stand an der niedrigen Hecke, während er sein Pferd sattelte, aufstieg und davonritt - ohne sich noch einmal nach ihr umzusehen.

Sie hatten gewusst, dass es so enden würde. Dass ihre Wege sich trennen mussten. Und so hatten sie aus wenigen Augenblicken ein ganzes Leben gemacht.

Doch das machte den Schmerz nicht erträglicher.

Als der Spätsommer in den Herbst überging, konnte Elisabeth ihren Babybauch nicht mehr verstecken. Sie war offensichtlich schwanger.

Und während sie noch überlegte, wie sie es erklären sollte, wurde ihr schmerzlich bewusst, dass sie die Einzige war, die jemals geglaubt hatte, es verbergen zu können.

Das Dorf hatte sein Urteil längst gefällt. Man hatte den Lord zu oft hier gesehen, man hatte zu oft getuschelt - und nun war klar, was man von ihr zu halten hatte.

»Dummes Ding, hat sich verführen lassen.«

»Ein leichtes Opfer für seinen adligen Hallodri.«

»Da seht ihr's: Eine Frau ist nicht dafür gemacht, für sich selbst zu sorgen. Hätte sie wie die anderen Weiber einen ordentlichen Mann genommen, wäre sie nicht Opfer eines Verführers geworden!«

Die Worte fielen nie direkt, sie schwebten über ihr - in Blicken, in Halbsätzen, im kurzen Schweigen, wenn sie vorbei ging oder einen Raum betrat.

Sie betete, dass diese Gerüchte im Dorf bleiben würden, auch wenn sie die Menschen gut genug kannte, um zu wissen, dass es nicht so kommen würde. Wie schon die Kunde über ihre Heilkräfte verbreitete sich auch dieses gehässige Flüstern bis in die höheren Kreise.

Schon lange hatte niemand mehr vom Hof des Dukes oder eines nahen Grafen mehr nach ihr schicken lassen, um sich beraten oder behandeln zu lassen.

Doch das war ein Preis, mit dem sie einstweilen leben konnte. Ihr Garten ernährte sie gut, und die vorbeiziehenden Kaufleute scherten sich wenig um das Gerede der Dorfbewohner.

Was sie nicht erwartet hatte war, dass Richards Familie den Gerüchten offenbar so viel Bedeutung beimaß, dass sie den nächsten Schritt wagten.

An einem stillen Nachmittag saß sie im Haus, ihre Handarbeit auf den Knien, die Finger sanft auf ihrem gewölbten Bauch ruhend.

Plötzlich schreckte sie ein dumpfes Poltern an der Tür auf. Kein Klopfen, sondern ein forderndes Drängen.

Ein unruhiges Gefühl breitete sich in ihr aus, doch als die Tür erneut unter dem dumpfen Hämmern einer groben Faust zitterte, öffnete sie vorsichtig.

Vor ihr stand ein großer, ungepflegter Mann. Er füllte beinahe ihren ganzen Türrahmen aus. Er roch nach Schweiß und altem ranzigen Stroh. Seine Kleidung war speckig, sein Blick starr und unbeirrbar auf sie gerichtet.

Sie öffnete den Mund um ihn zu fragen, ob sie ihm helfen könne. Aber bevor sie noch einen Laut herausbrachte, packte er sie am Arm, stieß sie ins Zimmer zurück und schlug sie zu Boden.

Sie wollte schreien. Aber das einzige was sie hervorbrachte war ein schmerzvolles Keuchen. Für einen kurzen Augenblick sah sie noch das Licht hinter ihren zugekniffenen Augenlidern, dass durch die Tür hineinfiel. Aber es verschwand, als er die Tür mit einem dumpfen unentrinnbaren Knall zuschlug.

Es wurde ersetzt von einem weißen Schmerz als er sie an den Haaren packte und durch durch den Raum zerrte.

Als er sie mit dem Fuß in die Seite stieß und »Steh auf! « bellte, erkannte sie, das sie vor dem Bett angekommen waren. Sie tastete nach halt - ihre Kehle noch immer zu trocken, um mehr herauszubringen als ein leises Wimmern.

Ungeduldig riss er sie an den Armen empor und stieß sie aufs Bett.

»Bitte! «, brachte Elisabeth schließlich heraus, als er nun über ihr thronte und aus einem Mund mit schiefen Zähnen auf sie herabgrinste. »Habt Erbarmen! Wenn nicht mit mir, dann mit dem Kind! Ihr...«

Er lachte auf, legte ihr eine übelschmeckende Hand auf den Mund und vergrub sein kratzendes Gesicht in ihren Nacken, und erstickten ihre Worte. Sein Körper erdrückte sie. Sie hörte ihn lachen und eine Ewigkeit war nur noch Dunkelheit.

Zum Abschied nahm er ihr Kinn in seine schweißnasse Hand und grunzte: »Bete dafür, dass dein Gör diese Nacht nicht überlebt hat - wenn du das Balg austrägst, werde ich wiederkommen.« Er zeigte ihr erneut seine schiefen gelben Zähne. »Und das würdest du bereuen... «

Eine Zeit lang lag sie erstarrt auf dem Bett, lauschte keuchend, ob er wirklich fort war und nicht wiederkommen würde.

Schließlich erhob sie sich – ihre Tränen brannten dort, wo er sie geschlagen hatte, aber ihre Haut fühlte sich fremd an, als wäre es nicht ihre eigene. Ihre Brust war kalt, sie spürte die Beine nicht, auf denen sie taumelnd stand. Nur dazwischen spürte sie eine brennende Wärme – nicht die sanfte Wärme des Lebens, sondern die bohrende Hitze von Gewalt.

Sie stolperte nach draußen, der Fluss war ihr einziger Gedanke. Die Straße lag still vor ihr, als wäre das Dorf ausgestorben. Oder als hielte es hinter verschlossenen Läden den Atem an, bis sie vorüber war.

Noch musste sie sich niemandem erklären, noch konnte sie keine fremden Stimmen ertragen. Sie musste erst den Schmutz von sich waschen.

Der Fluss würde ihn davontragen. Den Schmerz kühlen, bis sie komplett kalt war.

Doch sie wusste bereits, dass kein Wasser der Welt reichen würde.

Eine Zeit lang zählte sie nicht die Tage. Sie zählte ihre Wege zum Fluss. Sie wusch sich, bis ihre Finger rissig wurden und der Teil in ihr, die Heilerin, sich zwang, damit aufzuhören.

Die Abschürfungen vom Sturz heilten mit der Zeit und mit den Tinkturen, mit denen sie sich behandelte, wie sie einen fremden Körper behandelt hätte.

Nur die Blicke heilten nicht.

Wenn sie durch das Dorf ging, wich man ihr aus. Keiner sah sie an, keiner sprach sie an. Die Stille um sie war nicht Mitleid – sie war Urteil.

Sie hörte das Flüstern hinter ihrem Rücken, spürte die Schritte, die sich entfernten, sobald sie näherkam.

Und doch hielt ihr Kind in ihr durch. Und als klar war, dass ihr klar wurde, dass es diesen Angriff wie durch ein Wunder überlebt hatte, begann sie wieder zu essen.

Nicht um selbst stark zu sein, nicht für sich – sondern für ihr Kind.

Und schließlich hatte sich der Winter über das Land gelegt. Aber Elisabeth hatte keine Wahl. Das Feuer im Herd musste weiter brennen.

Mit klammen Fingern zog sie ihr Tuch enger um den Bauch, während sie sich durch das Unterholz kämpfte. Die besten Zweige lagen verborgen unter Schnee oder waren längst aufgesammelt. Doch hier, am Rand des Waldes, wo die

Dorfbewohner selten hinkamen, gab es noch genug alte, trockene Äste.

Ihr Messer glitt durch die Rinde, schabte sie ab, während sie einen besonders dicken Ast in kleinere Stücke schnitt. Die Bewegung zog an ihrem Bauch, ließ sie kurz innehalten, die Hand schützend auflegen. Das Kind regte sich, als wolle es ihr sagen, dass es da war. Dass es sie spürte.

Sie atmete aus. Noch ein paar Äste – dann würde sie zurückgehen.

»Elisabeth...«

Sie erstarrte. Die Stimme – mehr ein Grunzen – grub sich in den noch immer kalten Teil ihres Herzens. Sie musste sich nicht umdrehen, um zu wissen, wer es war.

Die Kälte wollte erneut in ihre Arme und Beine kriechen – dieselbe Kälte, die sie damals erstarren ließ. Aber diesmal zwang sie sich zu laufen. Die ersten drei Schritte waren die schwersten, dann stolperte sie durch das Unterholz, über Schneefelder und trockenes Astwerk.

Zweimal wäre sie beinahe gefallen. Hinter ihr das rhythmische Donnern von Hufen, das Schnaufen eines Tieres – und sein raues Gelächter.

Er schnitt ihr mehrfach den Weg ab, ließ ihr keine Fluchtmöglichkeit. Dann packte er sie an den Haaren.

In einer Bewegung riss er sie an sich heran und sprang aus dem Sattel. Er drückte sie gegen einen Baum – es hätte auch ein Fels sein können. Seine Hand legte sich um ihre Kehle, drückte zu.

Er sagte nichts. Er grinste nur.

Seine zweite Hand kam hinzu. Der Druck wurde stärker. Ihr Körper zitterte, aber ihre Todesangst war stärker als die Starre.

Das Messer war noch in ihrer Hand. Ohne nachzudenken riss sie den Arm hoch – ihre einzige Chance.

Der Widerstand war fest, dann gab er nach. Etwas Warmes quoll aus dem speckigen Mantel.

Sein Lachen erstickte in einem Röcheln. Seine Hände ließen los. Noch immer grinsend sank er in die Knie, bevor er leblos zusammensackte.

Das Blut floss schneller als seine Worte.

»Der Tod ist kalt.«

Sie sah, wie seine Augen stumpf wurden. Er hatte recht. Der Tod war kalt. Aber sie wusste es längst, ohne gestorben zu sein.

Hasserfüllt und doch erschüttert ließ sie das Messer fallen.

Er hatte es nicht besser verdient.

Sie wandte sich schließlich ab. Ließ ihn liegen auf seinem Totenbett aus Schnee und Blut. Sein Pferd schnaubte, scharrte mit den Hufen. Der einzige Zeuge. Doch der Hunger würde es schon zurück in den Stall treiben. Oder es würde begreifen, dass es frei war zu gehen.

Wie auch sie nun frei war.

Sie stolperte davon. Nicht in Richtung ihres Dorfes. Nicht zum kleinen Weg hin, über den die Jäger und Landknechte des Lords kamen, um die Jagdgründe zu kontrollieren.

Sie wusch sich die Hände in einem nahen Bach, der an dicken Eisschichten vorbei floss. Das Wasser brannte auf ihrer Haut, aber es war nicht genug.

Sie konnte nicht zurück.

Konnte nicht warten, bis jemand den Unhold fand. Konnte nicht warten, bis jemand ihn vermisste, Fragen stellte – und sie beschuldigte.

Doch wohin?

Sie ließ sich von ihren Füßen tragen. Weiter. Hauptsache weiter.

Sie spürte sich erst wieder, als ihre Kräfte sie verließen. Als der Wind über einen offenen Platz pfiff, und sie an die Tore eines Klosters stolperte.

Zitternd brachte sie genug Kraft auf, um an die schwere Pforte zu klopfen. Der Klang war leise, zaghaft.

Sie wollte sich abwenden, als niemand kam.

Dann öffnete sich die Tür, und eine ältere Frau in den Gewändern einer Nonne sah auf sie herab.

Ihre Augen weiteten sich – nicht wegen Elisabeths zitternder Worte, sondern wegen ihres ausgemergelten Gesichts, der offensichtlichen Schwangerschaft, der Schnitte und Abschürfungen auf ihrer bloßen Haut.

Ohne ein einziges Wort zu verlieren, nahm die Nonne sie bei der Hand und führte sie hinein.

Im Krankenlager legte man ihr warme Tücher auf, versorgte ihre Wunden mit Heilkräutern und Tinkturen. Und erst, als Elisabeth mit einem müden Blick auf die Mischung sah und flüsterte: »Zu viel Rainfarn – das könnte dem Kind schaden«, merkten die Nonnen, dass sie nicht nur eine Leidende war.

Sie war eine von ihnen.

Bald fiel auf, dass ihr Wissen über Heilkräuter in manchem sogar über das der Nonnen hinausging. Und so durfte sie bleiben – nicht nur als Schutzsuchende, sondern als Heilerin.

Von nun an kümmerte sie sich im Namen des Herrn um die Kranken und die Kräutergärten.

An einem kalten, aber sonnigen Spätwintertag brachte Elisabeth ein Mädchen zur Welt, das sie Hope nannte.

Es vergingen drei Jahre, in denen die beiden in Frieden und geschützt von den Klostermauern leben konnten.

Auch in friedlichen Zeiten gab es Momente, in denen Elisabeths Herz schwer wurde. Trotz allem war ihre Liebe zu Richard ungebrochen, und in der Stille sehnte sie sich nach ihm.

Eines Morgens, als Hope schlief und sie gedankenverloren Gemüse für die Köchin erntete, waren ihre Gedanken beim Abschied – der Gewissheit, dass es keinen gemeinsamen Weg für sie geben würde. Nun war er längst Herr über diese Ländereien – und sie? Sie hatte Hope. Aber manchmal wünschte sie sich, an seiner Seite zu stehen.

Sie zuckte leicht zusammen, als die Köchin neben sie trat und ihr eine Hand auf die Schulter legte.

»Elisabeth, was schaust du so betrübt? Die Sonne scheint, die Ernte ist reichlich…«

Die Köchin war eine kleine, rundliche, lebensfrohe Frau – Elisabeth musste fast immer schmunzeln, wenn sie in der Nähe war. Selbst jetzt, trotz aller Sorgen, zauberte ihr Wesen ein Lächeln auf Elisabeths Lippen. Und weil allein ihr sonniges Gemüt so viel Erleichterung brachte, tat Elisabeth das, was sie noch nie gewagt hatte:

Sie erzählte ihr alles.

Das Bedürfnis, ihr Herz zu erleichtern, und das Vertrauen, das drei Jahre Frieden geschenkt hatten, ließen sie sprechen – von ihrer Liebe zu Richard, vom schweren Abschied, von der Angst und Verachtung, der sie ausgesetzt war - von der Schändung.

Und dass Hope die Tochter des Lords war.

Die Köchin saß neben ihr, nickte mitfühlend, legte ihr immer wieder eine Hand auf die Schulter, als könnte sie durch ihre Berührung etwas von dem Schmerz nehmen, der noch immer in ihr saß.

Einige Tage später, als die Sonne noch höher stand und die Erde nach Blüten und reifen Blättern duftete, setzte Elisabeth die letzten Setzlinge in die Erde, die sie das Frühjahr über gezogen hatte.

Hope spielte neben ihr, grub nach Steinen oder half, die zarten Pflanzen in die Erde zu setzen. Sie lachten über die Erde, die an ihren Händen und Kleidern klebte.

Auch in solchen Momenten erinnerte Elisabeth sich an den Lord. Selbst in ihrem Kleidchen und mit dem Kopftuch war Hope ihm ähnlich – ihre Augen, ihr lebensfrohes Lachen, ihre Neugierde. Richard spiegelte sich in ihr wider. Er war gegangen, ohne sie zu verlassen.

Dann – das Knirschen schwerer Stiefel auf Kies.

Sie drehte sich um und sah einen Mann auf sich zukommen.

Er trug feines Tuch, nicht die speckige Kleidung ihres Peinigers. Und doch war da dieser Blick, dieser Ausdruck, der sie innehalten ließ.

Dann kam der Schlag.

Sie stolperte rückwärts, fiel auf die Knie. Ein brennender Schmerz zog über ihr Gesicht.

Er griff nach Hope, hob sie mit müheloser Leichtigkeit hoch.

Elisabeth rappelte sich auf, lief hinter ihm her, streckte die Arme nach ihrem Kind aus. Hope weinte, strampelte, streckte ihre kleinen Hände nach ihr aus.

An seinem Pferd holte sie ihn ein – doch er schob sie mühelos zur Seite.

»Nein! Bitte! Sie ist mein Kind!«

Sie versuchte erneut, ihn am Arm zu packen, aber er drehte sich nicht einmal um.

Er schwang sich in den Sattel, drängte das Pferd an ihr vorbei. Dann hielt er für einen Moment inne – und sah sie an.

»Deine Tochter hat blaues Blut. Und du bist ihrer nicht würdig.«

Er ritt los.

Elisabeth rannte hinterher. Doch hinter den Klosterpforten blieb sie stehen.

Er war bereits verschwunden.

Vielleicht hörte sie noch das leiser werdende Donnern der Hufe. Oder vielleicht war es nur Einbildung – damit die plötzliche Stille nicht so unerträglich war.

Wie damals im Winter, vor drei Jahren.

Plötzlich war niemand mehr hier.

Nicht die lebenslustige Köchin. Nicht die mitfühlenden Schwestern.

Nicht einmal Schmerz.

Alles war grau und gleich. Jede Pflanze sah aus wie die andere. Der Garten, den sie so liebevoll gepflegt hatte, hätte auch ein Garten voller toter Steine sein können.

Sie hörte die Vögel nicht mehr.

Ihre Sinne waren dumpf. Ihre Gaben, für die sie all die Jahre gerühmt worden war, erloschen.

Irgendwann kam der Schmerz zurück – der alte und der neue.

Sie betäubte beides mit Giftpflanzen, ging zum Fluss und legte sich ins Wasser, den Blick in einen blauen Himmel gerichtet.

Losgelöst von all den Schmerzen, die man ihr angetan hatte, ließ sie sich treiben.

»Ich werde euch in alle Ewigkeit lieben.«

Ein Versprechen. Ihre letzten gesprochenen Worte.

Ein Fischer fand ihren Leichnam am Flussufer und brachte ihn mit Hilfe seiner Frau in das nahegelegene Kloster.

Dort legte man ein etwa kopfgroßes Kreuz unter ihren Rücken, auf die Höhe ihres Herzens, und wickelte sie in mehrere Tücher.

Anschließend wurde ihr Sarg mit frischen Heilkräutern bedeckt, und einige Tage darauf erhielt sie eine würdevolle Beisetzung.

Richard

Richard von Ravenshire trat seinen Lebensweg als Nachfolger seines Adelstammes an, in dem Augenblick, als er das Dorf verließ. Als er über die Brücke zur Burg ritt und vom Pferd stieg.

Die Wärme, die ihn seit jener Nacht begleitet hatte, nährte ihn noch ein wenig. Aber er musste lernen, ein Volk zu führen.

Menschen traten an ihn heran, erklärten ihm, was er tun und was er lassen solle.

Wie er Entscheidungen treffen sollte, die auf den ersten Blick ungerecht schienen – und für die meisten auch waren. Außer für jene, die sie trafen.

Je mehr er sich mit den Menschen der dunklen Macht einließ, umso mehr verschloss er sein Herz.

Die Hochzeit mit Adeline von Dorchester war längst beschlossen worden, noch bevor Richard sein achtzehntes Lebensjahr erreicht hatte. Und nun, da er tatsächlich seinem Vater nachfolgte, wurde auch dieser letzte Schritt seiner Amtsübernahme vollzogen.

Adeline war alles, was Elisabeth nicht gewesen war: kühl, überheblich, mehr an Klatsch interessiert als an ihrem Ehemann – oder daran, wie sie sich über andere erheben konnte. Doch auch diese Bürde nahm Richard auf sich und ergab sich seinem Schicksal.

In den ersten Monaten – in ruhigen Momenten – wenn er in seinem Zimmer saß und vorgab, Berichte zu lesen oder Dokumente zu studieren, die neue Besitztümer besiegeln sollten, blickte er über den Fluss hinüber zum Dorf.

Er konnte es nicht sehen, nur erahnen – der Rauch der Kamine stieg hinter dem Wald auf.

Dann dachte er an Elisabeth. Hin und wieder fragte er sich, wie es ihr wohl erging. Er schmiedete Pläne, sie zu sich holen zu lassen – irgendwer war schließlich immer krank.

Doch es wäre nicht nur seine Stellung, die er gefährdete, wenn seine Familie oder Adeline etwas von seinen wahren Gefühlen erfahren würden: Elisabeth selbst wäre mehr in Gefahr als er selbst.

Und vielleicht hätte er es dennoch getan, hätte er gewusst, was längst geschehen war.

Doch vor niemandem verbirgt man größere Geheimnisse als vor dem eigenen Herrscher.

Und so wusste er nicht, was seine Mutter und seine Brüder hinter seinem Rücken getan hatten, um den Namen und die Blutlinie reinzuhalten.

Adeline brachte einen reichen Waldbestand mit in die Ehe – er brachte Wild, Holz und Steuern, die man nicht missen wollte.

Mit jedem Winter, der verging, verblasste die Erinnerung an Elisabeth – an die Wärme, an das Leben.

Er wurde Zeuge, wie Wilderer, Bauern und Handwerker immer wieder versuchten, ihn zu hintergehen. Dort ein erlegter Hirsch, den nur die Jäger des Dukes hätten schießen dürfen. Hier eine Handvoll Silber für Arbeit, die am nächsten Tag in sich zusammenbrach.

Das einfache Volk war nicht wie Elisabeth. Es war wie die Samtträger, die üblicherweise um ihn herumscharwenzeln – nur schmutziger, nur verzweifelter. Sie stanken nach Armut und Gier.

Wenn er dieses Pack, das ihm anvertraut worden war, gewähren ließ, würden sie ihm auf der Nase herumtanzen. Alles würde geschehen – nur Gerechtigkeit nicht.

Und die wenigen Ehrlichen unter ihnen wären die Ersten, die darunter zu leiden hätten. Denn ein schwacher Herrscher konnte sie nicht beschützen.

Er überhörte die Ausreden, die sie vorbrachten, wenn seine Sheriffs sie erwischten und vor seinen Thron brachten. Mit jedem Gericht, dem er vorstand, wurden seine Strafen härter. Schließlich genügte ihm schon der bloße Verdacht, um das Urteil zu fällen.

Und Adeline?

Adeline wollte mehr Prunk. Adeline bekam mehr Prunk.

Er erkannte, dass er seine Stellung deutlicher machen musste. Dass er vorsorgen musste.

Seine Schatzkammer füllte sich – während die Vorratslager der Dörfer leer blieben.

Doch das, so sagte er sich, hatten die Menschen sich selbst zuzuschreiben.

Elisabeth war kaum mehr als eine verblassende Erinnerung.. Vielleicht hätte er sie vollkommen vergessen, wenn er nicht eines Tages das Getuschel der Bediensteten mitgehört hätte, das ganz sicher nicht für ihn bestimmt war. Normalerweise gab er nicht viel darauf, erst recht nicht, wenn sie über ihn sprachen.

Aber heute sprachen sie nicht über ihn - sie sprachen über sein Kind. Nicht das, was sich die Familie wünschte, das Kind, dass seinen Namen tragen würde. Nein - nach dem Besuch einer Nonne vom Kloster flussabwärts, schien sich das Gerücht in der Dienerschaft zu halten, dass der Lord eine Tochter aus einer unstandesgemäßen Beziehung hätte.

Er fragte nicht lang, kümmerte sich wenig um die Verpflichtungen, die auf ihn warteten - sattelte sein Pferd und ritt aus zum Dorf, dass er so lange gemieden hatte. Er nahm den Weg über den westlichen Rand des Waldes, dorthin, wo Elisabeths Haus einsam stand.

Schon von der Lichtung aus, über die er drei Jahre zuvor so oft gekommen war, bemerkte er bereits, dass etwas nicht stimmte. Keine Bewegung, keine Geräusche, kein Leben.

Er sprang aus dem Sattel und ging langsam, mit dem Pferd an den Zügeln auf das Haus zu.

Alle Fenster und Türen standen offen. Von Wind und Wetter zerfetzte Vorhänge wehten im Wind. Der einst so wohlgepflegte Garten war verwildert. Ein Blick in die Küche zeigte das traurige Bild eines geplünderten Hauses. Was immer an Lebensmitteln dort gewesen war, war zuerst geholt worden. Was an beweglichem Gut dort gewesen war - Stühle, Bänke, Tisch... war längst fortgeschafft worden.

Hier war seit Langem niemand mehr gewesen. Schon gar nicht Elisabeth. Schon gar nicht sein Kind. Auf seinen Ritt zum Dorf hatte er sich lebendiger gefühlt als viele Monate zuvor. Die Hoffnung hatte ihn genährt - welcher Art auch immer sie gewesen sein mochte - ihr Gesicht wieder zu sehen, das vor seinen Augen längst verblasst war. Und nun...

Schweren Herzens setzte er sich auf einen Stein vor dem Haus. Wenn Elisabeth noch leben würde, hätte sie all das nicht so zurückgelassen. Sie war eine starke Frau gewesen, die sich zu helfen wusste. Sie hatte Jahre lang allein gelebt und hätte wie zuvor Winter und Sommer hinter sich gebracht, sie hätte das Leben in ihrem Garten gepflegt und das Leben in ihrem Arm... er war sich sicher, dass sie tot sein musste.

Aber seine Tochter. Die Bediensteten hatten über sie gesprochen, als sei sie Gewissheit. Das taten sie oft, über viele Dinge, die dann doch nicht wahr waren. Aber er wusste, dass es diesmal anders war.

Die Nonne. Sie war der Ausgangspunkt dieses Gerüchts. Er ritt zurück, ließ die Küchenmagd kommen und befragte sie. Das dumme Ding war eingeschüchtert, er musste nicht einmal die Hand heben und sie erzählte alles - beteuerte, dass sie nichts mit dem Gerede zu tun hatte, obwohl er ihre Stimme unter all den tratschenden Waschweibern am lautesten gehört hatte.

Er ließ den Hauptmann seiner Wache rufen. Mit einem Blick machte er klar: Das hier war kein gewöhnlicher Auftrag.

Er sollte sich ordentlich kleiden, schließlich ritt er zu einem Kloster - einem Kloster in dem ein Kind leben sollte. Ungewöhnlich genug. Worte waren überflüssig. Sein Häscher wusste bereits alles und am Abend des Tages stand ein zitterndes kleines Mädchen vor ihm. Tränen in den Augen - aber unbestreitbar sein Fleisch und Blut.

Natürlich würde Adeline niemals die Tochter einer Nebenbuhlerin in ihren Mauern dulden und er wollte das Mädchen nicht in Gefahr bringen und ihr doch die Erziehung zuteilwerden lassen, die ihr Blut - ein Teil seines Blutes - verlangte.

So gab er sie in die Obhut einer Familie, die mehr auf Bildung als auf Prestige setzte. Eine der wenigen, denen er noch vertrauen konnte. Und tatsächlich wurde sein Vertrauen bestätigt. Kein Wort drang nach außen. Niemand flüsterte, dass dieses Kind ein Wechselbalg war - ein Bastard aus der Verbindung des Dukes und einer niederen Bäuerin.

Mehr als ein Dutzend Jahre später, während eines Gesprächs unter vier Augen über ein Bauvorhaben innerhalb der Stadtmauern in denen der Pflegevater lebte, murmelte er in einem Nebensatz:

»Mein Lord, das Mädchen ist ins Kloster gegangen. Ich habe aufgebracht, was für ihre Aufnahme verlangt wurde - Wir haben sie zu Dankbarkeit und Bescheidenheit erzogen - etwas das sie in den Klostermauern weiter pflegen wird. Ihr werdet Euch um sie keine Gedanken mehr machen müssen.«

Richard brummte nur. Ein bitteres Lächeln streifte sein Gesicht - kaum mehr als ein Schatten. Das Mädchen war dorthin zurückgekehrt, woher es kam und er fragte sich, wieviel davon Ahnung war und wieviel sie eigentlich wusste. Er hob seinen Blick nicht. Starrte weiter auf die Pläne, als wäre es nur ein weiteres Geschäft. Stattdessen zog er einen Beutel hervor und ließ ihn auf den Tisch fallen.

Ein Abschluss.

Er hörte das Erstaunen in der Stimme seines Vasallen: »Mein Lord, ich wollte Euch nur informieren... « Und dann nahm er den Beutel doch.

Nun lächelte Richard - ein Lächeln, das in seinen Mundwinkeln schmerzte. Natürlich hatte der Mann das Geld genommen. Er war verschwiegen und vertrauenswürdig und doch wollte er am Ende des Tages von seinem Herrscher was jeder wollte: Glanz. Ruhm. Silber. Gold.

Aber wenn sie dafür schwiegen und buckelten, dann sollten sie Gold haben. So viel, bis sie daran erstickten.

Doch mit Münzen allein ließ sich kein Land regieren. Gold wuchs nicht auf Äckern oder Bäumen. Es füllte keine

Scheunen, stillte keinen Hunger, nährte kein Volk, das kaum genug für sich selbst hervorbrachte.

Für Richard schien das nicht mehr zu sein, als billige Ausreden.

Jahr für Jahr. Monat für Monat. Woche für Woche. Tag für Tag.

Richard war sich sicher: Sie belogen ihn. Sie hielten etwas vor ihm zurück.

Also wurde der Zehnt gnadenlos eingetrieben: Weizen, Hafer, Mehl, Vieh, getrockneter Fisch.

Und reichte es nicht, wurde der Zehnt erhöht. Konnte ein Vasall nicht aufbringen was verlangt wurde, wurde mehr verlangt, sobald er es konnte.

Und wenn die Frist verstrich?

Dann hatten sie anders zu zahlen: Mit Schweiß und Kraft, die sie verweigert hatten - denn hätten sie gearbeitet, wären sie niemals in diese Lage geraten.

Zur Strafe, zur Abschreckung. In die Steinbrüche, auf die Felder, dorthin, wo sich niemand für ihr Elend interessierte.

Er hätte es sehen müssen.

Er hätte es hören müssen.

Doch blind und taub gegenüber den Klagen war er auch blind und taub gegenüber dem Grollen, das sich unter seinen Füßen zusammenbraute. Er winkte ab, wenn ihn seine Wachen vor dem tuschelnden Volk warnten. Was könnte der Pöbel schon unternehmen? Seine Burg stürmen? Lächerlich.

Aber der Unmut machte vor seinen Mauern nicht halt. Er kroch unaufhaltsam voran. Wie der länger werdende Schatten eines langen trüben Tages. Bis in die Reihen seiner Bediensteten.

Und so wurde ihm schließlich eine Falle gestellt:

Eines Tages, als der Lord mit seiner schwarzen Kutsche, vor der vier schwarze Pferde gespannt waren, durch ein Waldstück fuhr, verließen sie den Pfad den er so viele Male zuvor befahren hatte. Die Kutsche schaukelte und er musste sich festhalten, um nicht von der mit Samt bespannten Bank zu fallen. Schließlich kamen sie mit einem Ruck zu einem plötzlichen Halt.

Zornig, donnerte Richard seine Faust gegen die Wand, die ihn vom Kutschbock trennte, öffnete die Luke und sah, dass der Kutscher seinen Posten verlassen hatte. Er riss die Tür auf um den Kutscher anzufahren - und verlor den Halt, als sich ein rauer kratzender Sack über sein Gesicht stülpte. Kalte Ketten schlossen sich um seine Handgelenke. Sechs Hände packten ihn, und zogen ihn voran über unebenen Boden.

»Spart Euch den Atem, mein Lord.«, zischte die Stimme seines Kutschers an seinem Ohr, »Niemand ist hier, um euch zu helfen. Zumindest niemand, der Euer Wohlwollen im Sinn hätte.«

Zuerst wütete er. War sich sicher, dass seine Wache kommen würde, um ihm zu helfen. Aber als sie ihn in Ketten legten und zwangen Steine zu hacken, Säcke zu schleppen - ihn die Peitsche spüren ließen, wenn er nicht sofort gehorchte, wusste er nicht einmal wo er sich befand.

Er hatte immer geglaubt, wenn er Opfer von Verrat werden würde, dann wäre es jemand aus seiner Familie, Adeline selbst oder irgendeiner seiner niederen Verwandten.

Sie gaben ihm genug Wasser, um sein Leiden zu verlängern. Aber sie ließen ihn hungern und schuften, bis er vor Hunger nicht mehr schuften konnte.

Nach einer Ewigkeit von drei Tagen hörte er auf, sich zu wehren. Er wusste, dass längst ein anderer auf seinem Thron saß.

Es war ihm gleich.

Dieses verfluchte Leben sollte ein Ende haben. Er hatte nie gelebt, nur befohlen.

Seine letzten Gedanken waren keine Reue - sie waren ein hohles unerfülltes:»Ich hätte es besser machen können.«

Seine Peiniger schnitten ihm das Herz heraus, setzten ihn in die Kutsche und setzten diese in Brand. Monate später fanden Soldaten des neuen Dukes die verkohlten Überreste der herrschaftlichen Kutsche und Richards Tod wurde offiziell verkündet. Sein Stuhl war längst besetzt vom Nächsten seiner Linie.

Sophias Wandlung

Für Sophia begann nach der Rückführung ein ganz neuer Lebensabschnitt. Sie zeigte ihr eine Perspektive auf, eine Erklärung für das davor Unerklärliche: ein Trauma aus einem alten Leben, das in ihrem Körper verankert war und bis in die Gegenwart ausstrahlte.

Und nun, da sie dieses Trauma kannte, schien es endlich möglich es aufzulösen.

Sophia fühlte sich inspiriert und getragen von dieser Erfahrung. Nun da sie wusste, dass diese Lähmung nicht ihre Lähmung war, sondern Elisabeths konnte sie anders damit umgehen. Sie kämpfte nicht dagegen an, verdrängte es aber auch nicht - sie nahm es an und nach einigen Wochen konnte sie in ihrer Praxis wieder Männer behandeln.

Hätte sich wieder jemand zu viel herausgenommen, sie hätte ihm mühelos eine Grenze setzen können.

Aber sonderbarer Weise war das gar nicht mehr nötig. Die Menschen begegneten Sophia mehr und mehr mit größerem Respekt und Achtung als sie es vorher getan hatten, denn sie strahlte nun eine andere Energie aus.

Dennoch ließ ihr die Vergangenheit keine Ruhe – oder besser gesagt: Richard. In immer wiederkehrenden Momenten oder auch konkreten Situationen – wenn sie in ihrem Kräutergarten arbeitete und Schritte auf dem Weg hörte – sah sie den Lord vor sich.

Je länger sie darüber nachdachte, desto mehr wuchs der Gedanke in ihr, England und vielleicht sogar Schottland zu bereisen. Anfangs war es nur eine vage Idee, doch je öfter sie daran dachte, desto mehr fühlte sie sich von ihr angetrieben. Vielleicht würde sie auf dieser Reise Antworten finden. Vielleicht sogar ihn.

Sie entdeckte das Land neu – die weiten Hügel, dunklen Wälder, sanften Flüsse und mächtigen Schlösser. Und doch, so eindrucksvoll die Reise auch war, der Mann, den sie suchte, blieb verschwunden. Ebenso seine Burg, sein Kloster – wenn sie jemals wirklich existiert hatten.

Schließlich akzeptierte sie, dass es keine greifbare Spur mehr geben würde. Neun Jahrhunderte sind eine lange Zeit. Wer konnte schon wissen, was davon noch übrig war? Mit diesem Gedanken kehrte sie in ihren Alltag zurück.

Langsam verblassten die Erinnerungen – an das Kloster, die Burg, das kleine Haus am Waldrand. Und mit ihnen verschwand auch Richard aus ihrem Geist.

Bis zu dem Tag, an dem das Schicksal sie erneut erinnern sollte.

Das alte Kloster

Einige Monate später saß Sophia am Laptop und suchte nach Informationen zu einer Heilpflanze, deren Namen sie in einem Gespräch aufgeschnappt hatte.

Die Pflanze fand sie nicht – doch stattdessen stolperte sie über eine Webseite über ein altes Kloster.

Sie klickte auf das Bild – und ihr Atem stockte.

Der Torbogen, die Gärten – nun natürlich anders angelegt –, der Kreuzgang, die Pforte zur Kapelle: Dies war das Kloster, das sie in ihrer Rückführung durch Elisabeths Augen gesehen hatte!

Voller Freude rief sie nach Jack. Doch als sie ihm das Bild zeigte, reagierte er, wie er es immer tat, wenn sie zu euphorisch wurde – mit einem Zucken, einem Murmeln, einem Ausweichen.

Er stand auf und verließ den Raum.

Sophia seufzte, ließ sich aber nicht beirren. Sie kannte dieses Verhalten inzwischen. Gefühle lagen Jack nicht – erst recht nicht, wenn es um Dinge wie Rückführungen, ganzheitliche Heilmethodik oder frühere Leben ging. Wie so viele Menschen hatte auch er keinen Zugang dazu.

Doch sie wusste auch, dass er sie am Ende begleiten würde.

Sie musste dieses Kloster sehen.

Es lag im Südwesten des Landes, nahe Wales – eine Ecke, die sie auf ihrer Rundreise damals nicht im Blick gehabt hatte. Vielleicht war ihr Ansatz damals auch zu einseitig gewesen. Sie hatte nach Richard gesucht. Doch nun hatte sich ihr der Ort offenbart. Der Ort, an dem Elisabeth ihre letzten Jahre verbracht hatte.

Sophia war aufgeregt und neugierig zugleich: War dies eine Reise in die Vergangenheit – oder nur eine Reise in ihre eigene Einbildung?

Natürlich begleitete Jack sie. Sie mieteten sich ein Ferienhaus in der Nähe, denn die Strecke war zu weit, um das Kloster an nur einem Tag zu besuchen und wieder zurückzufahren – zumal sie es unbedingt besichtigen wollte.

Beim Betreten der Klosteranlage traten Sophia die Tränen in die Augen. Es fühlte sich an wie die Rückkehr von einer langen Reise - nicht nur an einen Ort, sondern zu einem Gefühl von Zuhause. Die Sonne fiel auf die Kräuterbeete, die in der Mitte des Kreuzganges angelegt worden waren. Vieles wirkte verändert - ein wenig anders als sie es durch Elisabeths Augen gesehen hatte. Aber dann - wieso auch nicht? Seither waren Jahrhunderte vergangen.

Sie wanderten umher, lasen Schautafeln zur Anlage und dem Leben der Nonnen in der damaligen Zeit, wie sich das Leben über die Jahrhunderte gewandelt hatte und was die Hauptaufgabe des Klosters zu jener Zeit war.

So erfuhr Sophia auch, dass Elisabeth Glück gehabt hatte. Es war nicht so üblich, wie sie gedacht hatte, dass hilfesuchende Frauen aufgenommen wurden - zumindest nicht als Mitschwestern. Schon damals war es üblich gewesen, dass die Aufnahme in ein Kloster eine kostspielige Angelegenheit war und eher so von statten ging, wie es Hope widerfahren war. Wohlhabende hochgestellte Eltern zahlten den Klöstern Gold, Güter, Ländereien, um jene Familienmitglieder unterzubringen, die sie mit keinem weltlichen Gemahl würden vermählen können. Aus welchen Gründen auch immer.

Elisabeth hatte für sich selbst gesorgt: mit ihrem Wissen und ihren Fähigkeiten.

Als sie wieder zum Wagen gingen, fiel Sophias Blick allerdings auf eine Schautafel, die sie in ihrer ersten Verzauberung beim Betreten dieses Orts gar nicht bemerkt hatte. Sie handelte von der Entstehungsgeschichte dieses Orts und setzte die Erbauung der Anlage auf 1432 fest.

Sophia runzelte beim Lesen die Stirn. Jack bemerkte es sofort.

»Was ist los?«, fragte er.

»Die Jahreszahl…«, sagte Sophia, sie wusste eigentlich schon wie Jack reagieren würde, war aber zu verunsichert, um darauf rücksicht zu nehmen und fuhr fort: »Das kann nicht stimmen. Elisabeth lebte im 11. Jahrhundert, hier…«

»Du hast Recht.«, unterbrach Jack, und es klang beinahe ein wenig triumphierend, »Das kann wirklich nicht stimmen. Die Rückführung war wohl mehr eine Irreführung…«

Sophia holte Luft, schüttelte dann aber nur den Kopf. Es war sinnlos, sich zu all den Zweifeln noch mit Jack zu streiten. Sie wusste wie er zu diesen Dingen stand und konnte von ihm kaum Trost geschweige denn eine Erklärung erwarten. Sie brauchte Zeit um mit ihren eigenen Zweifeln klar zu kommen.

Doch die Zeit, um darüber nachzudenken bekam sie nicht.

Als sie 10 Minuten gefahren waren, stießen sie auf eine Straßensperre, die am Morgen noch nicht dort gewesen war. Jack fluchte und schaltete das Navigationssystem ein. Oder er versuchte es. Der Bildschirm blieb schwarz und alles wilde Herumdrücken half nichts.

Er fragte Sophia wo hin sie nun fahren sollten, bei jeder Kreuzung auf die sie nun stießen, sollte sie wissen, wohin sie abbiegen sollten. Sie antwortete leicht hektisch und gereizt - eigentlich mit ihrer Enttäuschung beschäftigt.

Schließlich lenkte Jack den Wagen auf einen kleinen Parkplatz am Waldrand.

»Mein Handy hat fast keinen Akku mehr. Schau mal auf deinem nach dem Weg! «, brummte er. »So kommen wir nicht weiter...«

Sophia war noch damit beschäftigt den Weg zu ihrer Ferienwohnung über die Internetkarten zu finden, als Jack sie plötzlich anstieß und aus dem Fenster nach vorn zeigte.

"Schau doch mal dort rüber!"

Vor ihnen ragte das Kloster über dem Wald auf. Sie waren dermaßen herumgeirrt, dass sie letztlich im Kreis gefahren und nun auf der Rückseite des Klosters angekommen waren.

Vor ihnen befand sich ein Hinweisschild: »Klostermuseum« Offenbar hatten sie nur einen Teil der Anlage gesehen.

Da sie beide hungrig waren, stiegen sie noch einmal aus, in der Hoffnung, das Museum hätte einen kleinen Kaffeebereich und sie hätten beide gestärkt, mehr Nerven sich mit der Umleitung auseinander zusetzen.

Das Museum bestand aus einem bescheidenen Steinbau aus grobebehauenen Quadern und schmiegte sich still an die alten Klostermauern. Beim Betreten empfing sie ein lächelnder älterer Herr, der ihnen die Eintrittskarten übergab.

Als sein Blick auf Sophia fiel, fragte er: »Möchten Sie die passende Musik hören?«

Sophia warf Jack einen Seitenblick zu und antwortete sichtlich gerührt: »Ja, gerne.«

Zu ihrem Staunen verschwand der ältere Herr nicht hinter dem Tresen um dort auf einen Knopf zu drücken, um Gregorianische Gesänge abzuspielen, die im Nachbau einer Kapelle sicherlich passend gewesen wären. Nein, er holte eine Violine hervor, die auf einem Kissen neben seinem Stuhl lag.

Der Mann blieb mit seiner Violine im Eingangsbereich des Museums stehen. Doch die Musik erfüllte den Nachbau der Kirchenräume mühelos und hallte sanft durch die Gänge.

Hier erfuhr Sophia von der ganzen Geschichte, die die Schautafeln des Klosters verschwiegen hatten.

Es war durchaus das Kloster, das sie durch Elisabeths Augen gesehen hatte - und zugleich war es ein anderes. Die Anlagen, die sie an diesem Morgen besucht hatten waren ein Nachbau. Nach einem verheerenden Brand war es 1432 originalgetreu wieder aufgebaut worden.

Sophia war so ergriffen und überwältigt, dass sie weinte. Vor allem aber war da ganz viel Erleichterung. Sie musste nicht länger zweifeln.

Jack ließ sie allein mit ihren Tränen und trank einen Kaffee und aß ein Sandwich in dem kleinen Nieschen-Café, während Sophia sich gar nicht sattsehen konnte an all den vertrauten Details.

Als allerdings eine Reisegruppe das Museum stürmte, zog sie sich zurück und Jack schien froh, dass sie diesen Ort endlich verlassen konnten.

Lehrzeit

Sophias Interesse an ganzheitlicher Heilkunst wuchs weiterhin.

Einige Jahre später saß sie wieder einmal an ihrem Laptop. Die Teetasse neben ihr war längst kalt geworden. Seit Stunden las sie sich durch Beschreibungen von Heilpflanzen, blätterte durch alte Rezepte, verglich Wirkungen und Anwendungen. Es war wie früher - sobald sie eintauchte, vergaß sie die Zeit.

Dann blieb sie an einer Seite hängen. »Ganzheitliche Klostermedizin - Lernen für Körper, Seele und Geist. «

Der Internetauftritt einer Schule, die sich auf altes Heilwissen spezialisiert hatte. Die Fotos zeigten Kräutergärten, schlichte Räume mit schweren Holztischen, Dozentinnen mit einem Lächeln, dass etwas in ihr wach rief.

Sie klickte sich durch das Angebot, las die Kursbeschreibungen und sah sich das Anmeldeformular an. Mit jeder Zeile die sie las, jedem Bild das sie sah, wurde es klarer: »Du musst da hin. Das ist der nächste Schritt... «

Noch am selben Abend trug sie ihre Daten ein, hängte Zeugnisse an, formulierte ein paar ehrliche Zeilen über sich. Beim Klick auf »Senden« hielt sie kurz inne. Dann zuckte sie mit den Schultern.

Was hatte sie schon zu verlieren? Ein Versuch war es wert. Wenn es nicht klappen sollte - dann sollte es nicht ihr Weg sein.

Aber irgendetwas sagte ihr: Dieser Weg, war ihr Weg.

Die Antwort kam schneller, als sie erwartet hatte und doch erschien es ihr unerträglich lang. Schon als sie den dicken Umschlag in Händen hielt, wusste Sie: es ist eine Zusage. Eine Absage wäre in einem schmaleren Kuvert angekommen ohne Begleitmaterial, aber mit mehr Enttäuschung.

Ein paar Wochen später stand sie vor dem alten Schulungsgebäude.

Als sie das Tor durchschritt, war es, als würde sich etwas in ihr lockern. Neben all der Euphorie war sie doch nicht überwältigt, eher ruhig und zufrieden: ganz.

Eine Frau mit freundlichem Blick und wettergegerbtem Gesicht kam ihr entgegen und reichte ihr lächelnd die Hand.

Sie sagte: »Willkommen« aber ihr Händedruck und ihre Stimme sagten eher: »Willkommen, zurück« - es war kein Ankommen sondern ein Nachhausekommen.

Der Unterricht begann - und die Tage flossen dahin. Vieles, was sie hörte, fühlte sich vertraut an, als hätte sie es längst gewusst und im Lauf der Leben nur vergessen.

Sie nahm das Wissen auf wie Wüstensand Wasser. Noch nie war ihr Lernen so leicht gefallen wie hier, das Verstehen des Großen und Ganzen.

Die alten Lehren über das Menschsein und deren seelischen und körperlichen Zusammenhänge wurden ihr immer klarer und es war ihr eine innere Genugtuung, endlich zu spüren, dass sie ihren Weg gefunden hatte. Hier konnte sie ihr Wissen weiter vertiefen und vervollständigen.

Und obwohl alles neu hätte sein sollen, fühlte es sich nicht wie ein Anfang, sondern wie eine Heimkehr an.

Am letzten Tag lag jene vertraute Mischung aus Euphorie und Wehmut in der Luft. Alle Teilnehmerinnen und die Dozenten versammelten sich zu einem Abschlussgespräch. Sie saßen gemeinsam am Tisch, teilten ihre Gedanken zu den vergangenen Wochen – und was sie vorhatten, wenn sie die Schule verlassen würden.

Nach dem Gespräch erhoben sich alle, um zur letzten gemeinsamen Mahlzeit aufzubrechen. Sophia blieb noch einen Moment sitzen – gemeinsam mit der Schulleiterin, die noch einen Blick über die Runde schweifen ließ.

Zu Sophias Überraschung wandte sich die Schulleiterin ihr zu, sah sie einen Augenblick lang schweigend an, dann sagte sie ruhig:

»Du bist schon einmal in diesem Kloster gewesen.«

Es war keine Frage. Es war eine Feststellung – klar und ruhig ausgesprochen, als wäre es das Natürlichste der Welt.

Und obwohl sie gerade noch über etwas völlig anderes gesprochen hatten, wusste Sophia sofort, was gemeint war. Das Leben hatte sie gelehrt, vorsichtig mit diesem Wissen umzugehen – besonders mit Menschen, die nichts davon hören wollten. Umso mehr wunderte es sie, dass sie „erkannt" worden war, ohne je etwas darüber erzählt zu haben.

Sie atmete tief durch – und nickte schließlich mit einem leichten, warmen Lächeln.

Die Schulleiterin erwiderte das Lächeln, sagte nichts weiter, und gemeinsam verließen sie den Raum, um zu den anderen zu stoßen.

Sie sprachen nie wieder über diesen Moment. Aber für Sophia war er bedeutsam:

Ein stilles Zeichen dafür, dass es mehr Menschen gab, die hinter die Fassade des Alltags blicken konnten – und das Unsichtbare erkannten, ganz ohne Anstoß von außen.

Zurück in ihrem Alltag begann Sophia, das Erlernte umzusetzen.

Sie legte einen eigenen Kräutergarten an, veranstaltete Kräuterwanderungen und organisierte regelmäßig Infotage rund um die Gesundheit des Menschen – immer mit dem Fokus auf einen ganzheitlichen Ansatz, der Körper, Geist und Seele miteinander verbindet.

Auch ihre Arbeit mit Menschen veränderte sich: Mit einem tieferen Verständnis für innere Zusammenhänge begleitete sie nun Menschen auf körperlicher und seelischer Ebene – und half ihnen, verborgene Blockaden zu lösen.

Ihre Erfolge sprachen sich herum, und es kamen immer mehr Menschen zu ihr, die Hilfe suchten – vor allem dann, wenn die gewohnten Mittel und Lehren der Schulmedizin nicht mehr weiterhalfen.

Durch Sophias innere Kraft und ihren wachsenden inneren Fluss begannen sich auch die Energien ihrer Klienten zu lösen.

Sie erkannte immer klarer die Zusammenhänge zwischen Körper und Seele bei jenen, die sich ihr anvertrauten – und mit jeder Massage und Beratung wurde deutlicher:

Der Körper war ein Spiegel.

Einer, der zeigte, was die Seele oft nicht auszusprechen vermochte.

Ihre Massagen waren nun mehr als zuvor.

Sie löste nicht einfach Verspannungen - sie lenkte den Blick der Menschen auf das Wesentliche.Sie erkannte das Wesentliche und oft bevor es die Ratsuchenden taten.

So sprach sie die Ursachen an, nicht nur die Symptome.

Manchmal deutete sie auf verborgene Begabungen hin – Talente, die längst vergessen oder noch nie entdeckt worden waren. So konnten sich viele neu ausrichten und innerlich umstrukturieren.

Schließlich richtete sie sich in einem Anbau ein kleines Geschäft ein, das sie wie eine alte Apotheke gestaltete.

Auf der Grundlage der Lehren von Hildegard von Bingen bot sie dort Gewürze, Tees und sogar Köstlichkeiten zum Mitnehmen an.

Und wie sie zuvor vielen Klient:innen mit sanfter Deutung den Weg zu ihren Gaben gezeigt hatte, spürte auch sie selbst nun mehr Freiheit und Gesundheit.

Ihre Gabe durfte sich endlich wieder frei entfalten.

Eine außergewöhnliche Begegnung

Wenn Sophia heute an diesen Maitag zurück dachte, an die Fahrt durch die blühenden Felder und Jacks beiläufige Bemerkung über seine alten Freunde, dann schien ihr alles beinahe zu zufällig. Als hätte das Leben selbst einen Fingerzeig gegeben – leise, aber unüberhörbar.

Es gab einige dieser Freundschaften aus Jacks Vergangenheit, von denen Sophia zwar gehört, deren Gesichter sie aber nie gesehen hatte. Lose Begegnungen, die er hoch hielt, auch wenn sie selbst nie Teil davon gewesen war.

Warum er ausgerechnet heute den Entschluss gefasst hatte, Geoffrey zu besuchen, wusste sie nicht. Jack erklärte so etwas nicht. Entweder er beschloss etwas – oder eben nicht.

Das Haus, vor dem sie schließlich hielten, wirkte wie ein Versuch, Modernität in ein altes Landhaus zu pressen. Roter Backstein blitzte hervor, hier und da, wo ihn Glas und Stahlträger nicht bereits verschluckt hatten. Der Garten lag in einer jener Siedlungen, in denen jeder Vorgarten zwischen schlicht und extravagant balancierte – je nachdem, was die jeweiligen Besitzer unter beidem verstanden. Auch hier durfte ein Wintergarten natürlich nicht fehlen.

Sophia hatte keine großen Erwartungen. Sie war Begleitung – nicht mehr, nicht weniger. Und dennoch wunderte sie sich.

Es war kein Empfang, wie sie ihn sich unter alten Freunden vorgestellt hätte.

Ein Junge öffnete die Tür. Freundlich, wenn auch ein wenig verlegen.

»Mein Vater ist auf dem Weg nach Hause und meine Mutter schläft noch. Aber… kommt gern rein.«

Mit einer einladenden Geste trat er zur Seite. Vielleicht hatte er das schon oft gesehen, vielleicht war es instinktiv. Er ließ sie eintreten und schloss die Tür, weiter jedoch führte er sie nicht. Offenbar hatte niemand ihm erklärt, was genau er tun sollte, sollte Besuch früher eintreffen.

Sie standen noch im Flur, zogen sich gemächlich aus – fast so, als wollten sie dem angekündigten Vater die Gelegenheit geben, noch rechtzeitig heimzukehren.

Dann fiel ein Schatten vor dem Türglas. Ein hochgewachsener Mann betrat das Haus, einen Dackel an der Leine, der sofort klackend über das Parkett trippelte.

Geoffrey. Die Begrüßung fiel knapp aus. Er erkannte Jack – nannte seinen Namen ohne Umstände, befreite den Hund von der Leine und bedeutete ihnen mit einem Nicken, ihm zu folgen.

Das Wohnzimmer war modern, klar, beinahe kühl.

Alte Holzbalken durchzogen den Raum, aufwendig freigelegt. Das Mobiliar war streng in Form, die Farbwelt gedämpft, Grau und Stahl dominierten.

Selbst der flauschige Teppich unter dem Tisch schien nicht weich wirken zu wollen.

Ein langer Tisch stand vor einer hohen Glasfront mit Blick in den akkurat gepflegten Garten.

Geoffrey verschwand kurz in der offenen Küche, brachte ihnen Getränke und lehnte sich schließlich mit beiden Händen auf die Tischkante – sein Blick suchte den von Sophia.

»Und… wer bist du?«

»Sophia«, sagte sie knapp und bemühte sich ihre Verwunderung aus ihrem Ton herauszuhalten. Sie empfand es als etwas unpassend so etwas zu fragen - noch dazu auf eine Art als wäre sie ein Kind oder Mitbringsel. Eigentlich - so fand sie - sollte man doch wissen, wen man zum Essen einlädt.

Geoffrey nickte, ohne sonderlich interessiert zu wirken.

»Was für ein überheblicher, selbstsicherer Mensch « - dachte sie in diesem Moment.

Geoffrey zog nur die Brauen hoch. Seine Mundwinkel zuckten leicht und er führte sie schließlich in den Garten.

Sie ließen mehr als nur die Kälte des Hauses zurück, auch wenn der Garten selbst eine merkwürdige Enge ausstrahlte – der Rasen akkurat gestutzt, die Hecken säuberlich in Form gebracht. Der nahe Wald schien scheu über den Zaun zu spähen, nicht ganz so gezähmt, aber geduldet.

Für einen kurzen Moment wünschte sich Sophia, genau jetzt einen Spaziergang durch diesen Wald zu machen. Stattdessen saß sie mit Jack auf der Terrasse eines Mannes, der über Steuern, den letzten Sturm und eine Drainage sprach, die er gelegt hatte – oder hatte legen lassen – während sie zwischen Blumen saß, die künstlich genug wirkten, um nicht zu duften, und Getränke trank, die wenig Geschmack, aber viel Höflichkeit enthielten.

Am sympathischsten war ihr in diesem Moment ohnehin Sam: ein junger Deutscher Drahthaar mit schwarzem Fell, der sich seines Lebens freute und das tat, was ihm guttat – ganz ohne Drainage.

Als es Zeit war den Grill vorzubereiten - das Essen - zu dem sie eingeladen worden waren, gingen sie ins Haus zurück. In diesem Augenblick kam Geoffreys Frau die Treppe herunter.

»Dominique! «, rief Jack aus, der sie zuerst bemerkte. »Meine Güte... du hast dich verändert in den letzten Jahren.«

Ihr lächeln wirkte mehr wie eine wohltrainierte Grimmasse und sie massierte sich die Schläfen.

»Ja, mir geht es heute nicht so gut...«, sagte sie, in einem Ton indem ein leichter Vorwurf mitschwang und der Mitleid forderte.

»Wenn wir das gewusst hätten...«, begann Jack und Sophia wusste genau, dass es nichts viel geändert hätte. Wenn die Gesundheit eines Menschen in diesem Haus etwas zählen würde, dann hätte man sie darüber informiert und sie wären nicht gekommen.

Aber so verlief Jacks Satz im Sande. Dennoch. etwas in Jacks Blick verriet, dass ihn ihr Anblick mehr traf, als er sich eingestehen wollte. Doch statt innezuhalten, griff er nach der Erinnerung – als wäre sie leichter zu ertragen als das, was gerade vor ihm stand.

Hier lag etwas in der Luft, das Sophia nicht sofort greifen konnte. Wahrscheinlich verstanden die drei Menschen um sie herum es ebenso wenig wie sie selbst. Das ganze Haus war durchzogen von Verbindungen, die so alt waren, dass sie längst keine mehr waren. Der Junge, der ihnen die Tür geöffnet hatte, schien die einzige lebendige Brücke zwischen Dominique und Geoffrey.

Geoffrey hatte sich auf die Terrasse zurückgezogen, kaum dass Dominique das Wort ergriffen hatte.

Er stand nun am Grill und schenkte dem Auflegen von Fleisch und Würsten eine Aufmerksamkeit, als hinge das Gleichgewicht der Welt davon ab.

Sophia, die in ihrer Arbeit meist mühelos in Kontakt mit Menschen trat, ging schließlich zu ihm hinaus und fragte nach Feuer.

Wortlos reichte er ihr ein Feuerzeug, ohne den Blick von seinen Grilltätigkeiten zu heben. Unnahbar.

Sie setzte sich auf einen der Stühle, drehte sich leicht zur Glasfront hin und sah Jack und Dominique im Wohnzimmer, in ein gestenarmes Gespräch vertieft.

Da riss Geoffreys Stimme sie aus ihrem Blick:

»Was machst du eigentlich beruflich?«

Die Frage lag da wie ein Stein – schwer, plump, erwartungsvoll. Eine Mischung aus Provokation und Hilflosigkeit. Beruf, Geld, Status – die einzige Sprache, die Geoffrey offenbar beherrschte.

»Ich behandle Menschen, löse Blockaden – und nutze meine hellsichtigen Fähigkeiten, um die wahre Ursache ihrer Probleme zu erkennen.«

Ein Gegenentwurf. Vielleicht sogar eine Herausforderung. Während Sophia sich über den Mut wunderte, mit dem sie ihre Worte ausgesprochen hatte, hob Geoffrey den Blick vom Grill. Seine Brauen zogen sich zusammen, als hätte er sich verhört:

»Was machst du beruflich?«

Vielleicht erwartete er eine Berichtigung. Ein Einlenken. Irgendetwas Handfesteres. Kaufmännisch. Pflegerisch. Irgendwas mit Zertifikat.

Doch Sophia wiederholte ruhig, fast sanft – Wort für Wort – genau das, was sie zuvor gesagt hatte.

Geoffrey starrte sie einen Moment an. Dann drehte er sich wortlos um und verschwand im Haus.

Sophia runzelte die Stirn. Sie verstand seine Reaktion nicht.

Sie konnte durch die Fensterfront sehen, wie Geoffrey auf dem Weg in die Wohnküche an Jack und Dominique vorbei ging. Ein leiser Wortwechsel, der ihr entging – und kurze Zeit später trat

Dominique auf die Terrasse. In der einen Hand ein Glas, in der anderen ein Tablett mit Getränken.

Der Blick, mit dem sie Sophia vom Scheitel bis zu den Schuhen maß, war kühl und kalkuliert. Sie blieb stehen nahm einen Schluck aus dem Glas und sagte beinahe beiläufig:

»Geoffrey hat mir erzählt, du denkst, du seist eine Wahrsagerin«, sagte sie, bevor sie erneut überaus kultiviert aus ihrem Glas trank und es trotzdem schaffte, Sophia dabei anzusehen.

»Wie geht das genau? Hast du ein eigenes Wahrsagerbüro – oder trittst du auf Jahrmärkten auf?«

Sophia ahnte, dass nichts, was sie sagte, genügen würde, um diese beiden Menschen – so sehr verankert im Weltlichen, so wenig offen für das Feine – von irgendetwas zu überzeugen.

Trotzdem – auch um nicht als naiv oder leichtgläubig abgestempelt zu werden – erwiderte sie mit einem freundlichen Lächeln:

»Da muss er mich falsch verstanden haben. Das, was ich tue – hellsichtige Fähigkeiten an sich – haben nichts mit Budenzauber oder Wahrsagerei zu tun.«

»Sondern?«, fragte Dominique.

»Es ist mehr ein … Spüren. Ein Sehen von tieferen Ursachen hinter dem Offensichtlichen.«

»Aha …«

Dominique klang dabei zugleich gelangweilt und belustigt. Vielleicht war sie auch einfach enttäuscht, dass Sophia nicht kopflos oder verletzt reagierte.

Umso erleichterter war Sophia, als Jack und Geoffrey dazustießen. Sie half beim Tischdecken – einfach, um irgendetwas Normales zu tun.

Zuerst war sie sogar dankbar für die Belanglosigkeit des Essensgesprächs. Es ging um den Bau einer Bushaltestelle ein paar Häuser weiter – überflüssig, weil hier ja alle ein Auto hatten. »Die zieht nur unangenehmes Volk an.«

Es ging wieder um die Drainage. Um Geoffreys Geschäftsreisen. Um Baustellen auf Schnellstraßen. Um seltsame Essgewohnheiten in Polen.

Sophia nickte, aber hörte kaum noch zu.

Irgendwann war der Hunger gestillt, der Nachtisch schmeckte fade – und die Anekdoten machten ihn nicht süßer.

Sie warf Jack einen Blick zu, tastete, ob er enttäuscht wäre, wenn sie jetzt aufbrechen würde.

Sie nahm ihre Tasche. Er verstand.

Keine Enttäuschung lag in seinem Blick. Kein Versuch, Zeit zu gewinnen.

Er erhob sich mit der Selbstverständlichkeit eines Mannes, der von einem Meetingstisch aufsteht.

Man würde sich wiedersehen. Irgendwann. Und sich genauso wenig zu sagen haben – in ebenso vielen Worten.

Auch Geoffrey und Dominique standen auf. Jack sagte etwas über die »exzellenten Grillkünste« und das »besondere Salatdressing«.

Man sollte das bald wiederholen.

Wenn »bald« so bald war wie dieses eine Treffen, würde Sophia genug Zeit haben, sich eine gute Ausrede zu überlegen.

Im Flur zogen sie ihre Jacken an. Geoffrey wandte sich plötzlich ab – ohne ein Wort – und ging ins Wohnzimmer.

Mit einer unbeholfenen Bewegung ließ er sich seitlich aufs Sofa fallen, drehte die linke Schulter zur Lehne wie jemand, der versuchte, sich selbst den Lendenwirbel einzurenken.

Sophia sah es – jetzt, wo sie nicht mehr in all der Spannung steckte – an der Steifheit seiner Bewegungen.

An der leichten Anspannung seiner Stirn.

Sie hatte das vorher für Abwehr, für Arroganz gehalten. Doch jetzt wurde ihr klar:

Es ging ihm wirklich nicht gut.

Nur hatte er weniger Aufhebens darum gemacht als Dominique mit ihrer »Migräne«.

Jack warf Sophia einen Blick zu und seufzte. Er kannte das schon. Auch wenn Sophia darauf bestanden hatte zu gehen – sie würden jetzt nicht fahren können.

Auf ihren gemeinsamen Reisen kam es oft vor, dass Menschen, denen Sophia begegnete, ihre Hilfe brauchten. Manchmal baten sie darum. Manchmal sah Sophia es. Und wer bereit war, bekam eine Notfallberatung oder Massage. Sophia konnte nicht anders, als zu helfen, wenn sie konnte. Und meistens konnte sie.

Heute allerdings war es anders. Dieses ganze Treffen war anders – weil diese Menschen anders waren.

Unverbunden. Distanziert.

Es lag ein Zögern in Sophias Haltung, als sie Jack ihre Jacke in die Hand drückte und langsam ins Wohnzimmer zurückkehrte.

»Rückenschmerzen?«, fragte sie – nicht unhöflich, aber knapper, als sie es sonst getan hätte.

Die Bemerkungen, mit denen Dominique und Geoffrey ihr zuvor begegnet waren, lagen ihr noch auf der Seele.

»Ach – schon jahrelang,« brummte er, während er sich noch immer mit der Schulter zur Lehne drehte, den Oberkörper gegen die Hüfte verdrehend. »Besonders im Hals-Nacken-Bereich. Der Job...«

Er seufzte. Offenbar hatte sein Selbsthilfeversuch nichts gebracht. Dann sah er sie.

»Du machst das doch beruflich, hast du gesagt. Kannst du da nicht etwas für mich tun?«

Das nächste, was dem »Nein!« gleichkam, das in ihr aufstieg – dieses trotzig flackernde Gefühl, dass das Ganze eine Falle war, eine Vorführung – war ein kühler Satz:

»Ich kann es mir ansehen. Aber versprechen kann ich nichts.«

Seine Erleichterung wirkte so echt, wie Dominiques grinsende Skepsis.

Jack und Dominique begannen, den Esstisch freizuräumen – beide mit einer Spur zu viel Eifer.

Sophia spürte es wieder: das Gefühl, sich einer Jury zu stellen, deren Urteil längst gesprochen war.

Sie bat um ruhige Musik – Geoffrey nickte, Dominique zauberte eine alte Yin-Yoga-CD hervor.

Die Klänge nahmen ihr einen Teil der Anspannung, die ihr den Rücken hinaufkroch.

Wenig später lag Geoffrey mit freiem Oberkörper auf dem Esstisch. Das »Schauspiel«, so fühlte es sich für Sophia an, begann.

Sie spürte die Blicke hinter sich: Jack und Dominique beobachteten sie genau.

Sie warteten – auf einen Patzer, eine peinliche Geste. Etwas, das sie deuten konnten, um sie als Betrügerin zu entlarven.

Sophia zwang sich zur Konzentration, richtete den Blick auf Geoffreys Rücken.

Er war schief ausgerichtet, das sah sie sofort.

Sie hob eine Hand, wollte sie auf sein rechtes Schulterblatt legen – spürte aber Widerstand.

Unangenehm. Unfassbar.

War es sein Körper? Ihre eigene Unsicherheit? Oder der geballte Zweifel der beiden, die hinter ihr saßen?

Oder alles zusammen?

Nur ihr Stolz ließ sie weitermachen.

Sie hatte sich provozieren lassen – jetzt wollte sie es wenigstens richtig machen.

Nicht, um ihnen etwas zu beweisen. Sondern um sich selbst treu zu bleiben.

Dominique und Jack mochten denken, was sie wollten – aber sie würde sich nicht vorwerfen, nicht mit ganzer Seele dabei gewesen zu sein.

Sie atmete tief durch, legte beide Hände auf Geoffreys Schulterblätter.

Die ersten Bewegungen waren noch mechanisch, fahrig.

Aber dann – mit jeder sanften Kreisung, mit jeder Dehnung, in der die Musik mitschwang – fand sie ihren Halt wieder.

Die Blicke hinter ihr wurden leiser.

Und der Körper unter ihren Händen wurde weicher.

Wie Stahl, der langsam unter Hitze nachgab.

»Die nächsten Tage keinen exzessiven Sport,« sagte sie ruhig, als er sich langsam aufsetzte.

»Dein Körper hat für dich gearbeitet. Du solltest ihn jetzt ausruhen und entspannen lassen.«

Jack und Dominique standen inzwischen in der Küche – in ein Gespräch vertieft, mehr aus Langeweile als aus Interesse.

Die Vorstellung war keine Farce geworden. Das schien sie zu enttäuschen.

Sophia begleitete Geoffrey zurück auf die Terrasse.

Er ließ sich auf einen Stuhl sinken. Sie setzte sich neben ihn.

»Ich habe hier nur einen Anfang gemacht,« sagte sie leise. »Den Rest musst du selbst machen. Du solltest dich erinnern...«

Geoffrey wandte den Blick vom Hund ab, der am Zaun schnüffelte, und sah sie direkt an.

Neugierig. Nicht urteilend.

»An was, Sophia? An was soll ich mich erinnern?«

Sie zuckte innerlich zurück. Vielleicht ein Trauma? Vielleicht... etwas anderes?

»Ich weiß es nicht,« sagte sie hastig – und stand auf.

Sie wollte nur noch weg.

Geoffrey und Dominique begleiteten sie und Jack zum Auto.

Vor der – offenbar als »erfolgreich« empfundenen – Aufführung seiner Behandlung hätten sie wahrscheinlich nur flüchtig aus der Tür herausgewunken. Jetzt wirkten sie fast höflich.

Geoffrey hielt ihr die Autotür auf.

Sophia sah ihm in die Augen.

»Du musst das nicht alleine tun,« sagte sie – leise, fast flüsternd.

Sie erschrak ein wenig.

Wem hatte sie das gesagt? Ihm? Sich selbst?

Was meinte sie überhaupt damit?

Sie wusste mehr, als sie wissen konnte.

Etwas in ihr wusste mehr.

Sie stieg ein, schlug die Tür zu.

»Fahr los«, sagte sie zu Jack.

Schnell. Bevor dieser Blick in ihr etwas aufriss, das sie nicht halten konnte, weil sie noch immer nicht verstand...

Jack fuhr zurück, während sie stumm neben ihm saß und sich den Kopf darüber zerbrach, was da gerade geschehen war. Sie hatte schon unzählige Menschen behandelt, ohne diese Resonanz zu spüren, die sie jetzt empfand. Noch wagte sie es nicht, sich die Antwort auf diese Fragen zu geben.

Am nächsten Tag erhielt Sophia eine Nachricht. Nicht direkt von Geoffrey, sondern über Jack.

»Er lässt ausrichten, dass er besser geschlafen hat als seit Monaten«, sagte Jack beiläufig, fast so, als wisse er nicht, was er da weitergab. Und die Frage, ob er ihre Nummer weitergeben dürfe, falls Geoffrey Rückfragen zu seiner Gesundheit hätte.

Diesmal zögerte Sophia nicht mehr, sie ließ Geoffrey über Jack ihre Nummer weitergeben und die nächsten Tage wuchs der Kontakt zu ihm. Immer ein Stückchen mehr. Mal kam eine Frage zu seiner Haltung, mal nur ein kurzer Gruß, ein paar Sätze zu Rückenschmerzen die nun manchmal nicht mehr waren, als ein leichtes Ziehen aber insgesamt das Gefühl, dass sich »etwas gelöst« hätte.

Sie antwortete, zuerst zurückhaltend, dann offener. Und ehe sie es merkte, schrieben sie sich täglich. Keine tiefen Geständnisse, keine großen Worte - aber zwischen den Zeilen entstand Vertrautheit - eine, die sich anfühlte, als wäre sie schon immer da gewesen. Still. Unaufgeregt. Wie ein alter Weg, dan man wiederzufinden beginnt, obwohl man nicht wusste, dass man ihn verloren hatte.

Menschen zu behandeln war Sophias Beruf. Aber das hier war anders.

Es war keine neue Klientengeschichte, kein Helfen, kein Fördern eines Genesungsprozesses, wie sie es schon so oft getan hatte.

Etwas war vertraut, bevor es hätte vertraut sein dürfen.

War es möglich, dass er... ein Teil aus einem anderen Leben war?

Sophia wagte nicht, sich eine Antwort darauf zu geben.

Noch nicht.

Eines Abends jedoch meditierte sie genau darüber. Sie saß dort, mit geschlossenen Augen aber wachen Sinnen, beinahe wie bei der Rückführung durch Mary so viele Jahre zuvor.

In der Stille, der angenehmen führenden Ruhe tauchten Bilder vor ihr auf. Vertraute Bilder, sie sah Geoffrey und sah ihn doch nicht, denn er war mehr als der gutaussehende Geschäftsmann, der von innen so erkaltet war: sie sah den Fluss, die Burg, die Felder durch die sie selbst - nein, Elisabeth viele Male gewandert war - und Geoffrey, der nicht Geoffrey war sonder Richard, der Lord.

So viele Jahre war sie auf der Suche gewesen, war bis in den hohen Norden Schottlands gereist, auf Straßen und durch Täler, die ihr vage bekannt vorgekommen waren. Und nun, hier und heute und jetzt, in ihrem Massageraum und einige Kilometer weiter im Westen die Erkenntnis, nach der sie nicht gesucht hatte - hatte die Suche ein Ende gefunden. Eine Suche von der sie nicht einmal gewusst hatte, dass sie ihr nachging ... die sie fast vergessen hätte.

Die Geschichte beginnt

Nachdem Sophia erkannt hatte, wer Geoffrey war - oder besser: wer er gewesen war - rutschte ein leichter Schwindel durch ihre Gedanken. Geoffrey. Richard - der Mann den Elisabeth einst geliebt hatte. Der Mann, dessen Nähe ihr Herz hatte höher schlagen lassen, selbst als sie aus der Rückführung neu herausgetreten war.

Aber jetzt? Sie suchte vergeblich diesen euphorischen Herzschlag, diese Selbstverständlichkeit in der Wärme, die die Liebe in ihrer Vorstellung immer mit sich brachte... Aber jetzt war da wenig. Ausgetauschte Nachrichten, seltsame alte Vertrautheit aber sonst? Kein Feuer. Kein erwartungsvolles Flirren. Nur das Rauschen eines kühlen Frühlingstages und die Erinnerung an eine Umarmung, die in alten Zeiten aber im Hier und Jetzt noch nicht stattgefunden hatte.

Sie war enttäuscht.

Nicht von Geoffrey - sondern davon, dass ihre tiefe Sehnsucht nicht einfach so erneut greifbar war. Dass die Liebe, die sie bei der Rückführung so klar gefühlt hatte, verblasst war wie ein alter Traum.

Beim ersten Zusammentreffen hätte sie am liebsten direkt wieder das Weite gesucht. Und doch war sie geblieben. Aus Mitgefühl? Verantwortung? Weil sie diese Menschen herausgefordert hatten in ihrer Kälte? Oder vielleicht auch, weil ihre Seele längst gespürt hatte, dass hier noch etwas wartete.

Mit jeder Nachricht, die sie austauschten, so oberflächlich sie auch schien, wuchs etwas zwischen ihnen. Etwas Neues. Nicht das alte Feuer, das sie erwartet hatte. Aber ein anderes Licht, ein Glimmen aus der alten Asche vielleicht.

Und sie spürte immer deutlicher: Sie wollte ihn nicht nur begleiten, sie wollte ihn verstehen, ihm helfen, zu sich selbst zurückzufinden.

Oder: Sie wollte, dass er selbst verstand. Denn nur er würde am Ende seine eigene Kraft wiederentdecken können.

Den Entschluss ihm von seinem früheren Leben zu erzählen, trug sie einige Tage mit sich. Sie nahm sich vor ihm davon zu erzählen. Wenn das Gespräch es ergeben würde. Aber... sie zögerte lange. Sie kannte die Menschen, kannte die Skepsis und ... kannte Geoffrey in seiner kühlen geschäftsmäßigen Art. Bei der Massage damals auf seinem Esstisch, da hatte sie gespürt, es war mehr möglich. Hin und wieder ließ er es in seinen Antworten erahnen, dass er - im richtigen Zeitpunkt vielleicht verstehen würde was sie ihm erzählen wollte. Aber, sie zögerte ... und erzählte schließlich doch davon:

Von sich und Elisabeth. Von ihm und dem Lord. Vom Kloster, dem Land über das Richard geherrscht hatte, von einer anderen Zeit und doch gleichen Seelen.

Es dauerte länger als sonst bis er antwortete - vielleicht suchte er nach Worten. Und als er sie gefunden hatte, waren sie ein wenig das was Sophia befürchtet hatte. Ein wenig höflich, ein wenig ohne Gefühl, ohne Verständnis und vollkommen erfüllt von sich:

»Du bist eine wirklich interessante Frau, Sophia«, begann seine Sprachnachricht, freundlich beinahe ein wenig fröhlich, »Aber ehrlich gesagt auch ein wenig verrückt...« Sie hatte natürlich etwas anderes gehofft und war trotzdem wenig überrascht. Was sie allerdings irritierte war das was danach kam. Abgekühlt und abweisend: »Vielleicht gehört es ja zu deiner Arbeit dazu, aber... ich glaube nicht an Seelen. Es ist bewiesen -

wissenschaftlich bewiesen, dass es so etwas wie eine Seele nicht gibt. Es gibt Religionen, in denen Wiedergeburt eine Rolle spielt, ja... aber das ist etwas, um Sünden zu rechtfertigen oder Leute einzufangen, aber nichts, was für mich relevant wäre. Außerdem... «, hier holte er tief Luft - ein kühler Atemzug »... außerdem bin ich sehr glücklich verheiratet. Dominique und ich... «, als er die Luft ausstieß klang er beinahe genervt »Schlag dir das bitte aus dem Kopf. Ich bin nicht dieser... dein Lord. Sondern glücklich verheiratet. Also... hör auf mich anzumachen.«

Sophia runzelte die Stirn. Sie hatte seine Worte nicht als Anmache empfunden – für sie war es ein ganz normaler Teil in der Energiearbeit eines Klienten gewesen.«

Worte, mit denen ein Geschäftsmann wie Geoffrey natürlich nicht viel anfangen konnte. Vieles davon schien ihm so fremd zu sein, als würden sie zwei verschiedene Sprachen sprechen, auch wenn sie dieselben Worte nutzten.

Geoffrey war ein gutaussehender Geschäftsmann, der kaum Gefühle zeigte – vielleicht konnte er sie nicht einmal wirklich empfinden.

Seine Freundlichkeit entsprang keiner Herzenswärme, sondern einer kühlen Logik: eine höfliche Geste, nützlich für den Erhalt klar definierter Ziele.

Sein Interesse galt vor allem sich selbst, nicht anderen Menschen.

Seine Augen wirkten kalt, seine Mimik versteinert, sein Handeln berechnend.

Sophia hingegen strahlte das aus, was sie im Innersten trug: Wärme, Wohlwollen, Herzensenergie.

Sie war feinfühlig, glaubte an das Gute im Menschen – und hatte stets andere im Blick, nicht sich selbst.

Wie sollten zwei so grundverschiedene Menschen sich jemals wirklich verständigen können?

Halb glaubte Sophia, dass Geoffrey den Kontakt nun abbrechen würde. Schließlich sollte sie ihn ja »nicht anmachen«.

Doch schon am nächsten Tag kam eine Nachricht: eine Frage zu seinem Rücken, ein kurzer Bericht darüber, wie seine Nacht verlaufen war.

Sie begannen erneut, sich täglich auszutauschen – erst schriftlich, manchmal auch über Sprachnachrichten.

Sophia hörte darin mehr, als die Worte sagten: seinen inneren Zustand, die Unruhe, die Müdigkeit, die unausgesprochenen Fragen.

Nach und nach fügte sich ein Bild zusammen.

Trotz seiner Abwehr konnte Geoffrey offenbar nicht ganz loslassen.

Sophia erkannte die Strukturen, die ihn gefangen hielten – die ihn unglücklich machten und die seinen Körper krumm und schief werden ließen, ohne dass er es selbst bemerkte.

Sie hatte in ihrer Rückführung bereits gesehen, dass das Schicksal des Lords kein glückliches Ende genommen hatte.

Etwas war damals unerlöst geblieben – und nun, so fürchtete sie, wirkte es noch immer in Geoffrey nach, hinderte ihn daran, wirklich frei zu sein.

Trotz der ersten Abfuhr, die er ihr erteilt hatte, öffnete Sophia sich ihm immer mehr.

Sie teilte mit ihm, was sie sah, wie sie eigentlich arbeitete, was sie hinter dem Gewöhnlichen spürte und wahrnahm.

Und allmählich, vielleicht durch ihren Mut – und weil sie zu dem stand, was sie sagte –, schien Geoffrey Vertrauen in ihre Fähigkeiten zu fassen.

Sophia wollte ihm helfen, sich selbst wiederzufinden, damit er wieder ein glückliches Leben führen konnte – etwas, das sich im Grunde jeder ihrer Klienten wünschte, auch wenn die meisten zunächst wegen körperlicher Schmerzen zu ihr kamen.

Aber der Rücken trug oft mehr als nur physische Lasten.

Er beugte sich auch unter seelischen.

Eines Tages erreichte sie eine Sprachnachricht von ihm:

»Ich bewundere, wie viel du fühlst, Sophia. Es ist, als würdest du für mich mitfühlen … du siehst und verstehst mich besser, als ich mich selbst verstehe. Ich fühle nichts. Kann es einfach nicht.

Du siehst mich, wie ich wäre, wenn ich fühlen könnte. Aber das bin ich nicht. Ich bin eine Maschine, Sophia – und ich möchte mehr sein als das.

Ich möchte der Mensch sein, den du in mir siehst.«

Sophia bot ihm an, ihn auch seelisch zu behandeln.

Doch ihm fehlte der Mut, zu ihr zu fahren.

»Das musst du nicht«, beruhigte sie ihn. »Die Seele kann auch über die Ferne berührt werden. Du brauchst nur einen stillen Ort, einen Raum für dich, in Ruhe …«

Aber selbst das schien in seinem Zuhause kaum möglich – obwohl das Haus groß genug war.

Die äußeren Mauern boten wohl genügend Platz - doch seine Räume schienen klein, beengt und erdrückend.

Also gab Geoffrey eine Geschäftsreise vor, mietete sich ein Hotelzimmer – einen Ort, an dem er sich würde ausruhen und vor allem: frei reden können.

Zuhause schwieg er.

Zuhause war er da, um auf Gesprächsfetzen seiner Frau das Richtige zu erwidern.

Unmöglich, dort auszudrücken, was ihn wirklich bewegte – und irgendwann auch unmöglich, es überhaupt noch zu wissen.

Sophia hatte die Idee angeregt, doch für sie war es ebenso neu, jemanden über eine so große Entfernung zu behandeln.

Trotzdem: Das Band zwischen ihnen fühlte sich so stark an, dass sie es unbedingt versuchen wollte.

Wenn Zeit für die Seele keine Rolle spielte – warum sollte es dann der Ort tun?

Sie legte sich zu Hause auf ihre Massageliege, rief Geoffrey an und bat ihn, sich ebenfalls hinzulegen.

Am anderen Ende der Leitung hörte sie ihn umhergehen, bis er sich schließlich – immerhin – setzte.

»Wie soll das denn gehen?«, fragte er. »Ich konnte diese Couchnummer bei Psychiatern noch nie leiden …«

Sophia blieb ruhig, versuchte, die Verbindung zu ihm aufzubauen.

Doch selbst über die Entfernung schwappte seine Unruhe zu ihr hinüber – nicht nur durch seine Stimme, sondern auch durch das Feld, das ihn umgab.

Das Hotelzimmer war kühl, hastig gewählt, so fremd und abweisend wie Geoffrey selbst in diesem Augenblick.

Sie unternahm mehrere Anläufe, ihn einzustimmen, aber es half nichts.

Mehr als sitzen wollte er nicht – und von ihrem »autogenen Training«, wie er es spöttisch nannte, hielt er ebenso wenig.

Es war zu fremd für ihn, zu weit weg von allem, was er kannte.

Schließlich brachen sie den Versuch ab.

Er meldete sich danach mehrere Tage nicht.

Es war ein gescheiterter Versuch – und auch in den Gesprächen zuvor war eigentlich nicht viel gesagt worden, was hätte retten können, was unausgesprochen geblieben war.

Manchmal fragte sich Sophia, ob sie sich nicht selbst etwas vormachte.

Ob die Verbindung, die sie fühlte, nicht längst nur in ihrem eigenen Herzen entstanden war.

Und doch: Das Schweigen schmerzte unerwartet tief.

Als er sich schließlich wieder meldete – mit einem Foto eines Leuchtturms im Abendlicht – erschrak Sophia darüber, wie sehr sie sich über diese Nachricht freute.

Es war eine bittere Freude.

Er hatte deutlich gesagt, dass er glücklich verheiratet sei, und Sophia hatte sich geschworen, die Grenze zwischen Heilerin und Klient nicht zu überschreiten.

Aber da war immer noch Elisabeth.

Da war immer noch der Lord.

Und die alten Wege hatten längst den Weg in ihr Herz gefunden, leise, unaufhaltsam – aber sie wollte nicht, dass sie darüber herrschten.

Sie antwortete ihm ein letztes Mal.

Dann löschte sie den Gesprächsverlauf, seine Nummer, alles, was sie an ihn band.

Eine Geste des Abschieds.

Sie trauerte von ganzem Herzen.

Sie vergrub sich in ihre Arbeit und versuchte, nicht mehr an ihn oder den Lord zu denken.

Und irgendwann gelang es ihr – wenigstens für einen Tag.

Bis er sich wieder meldete.

Natürlich hatte er ihre Nummer noch.

Und Sophia hatte es nicht übers Herz gebracht, die letzte Nachricht so endgültig klingen zu lassen, dass sie alle Brücken abgebrochen hätte – auch nicht für den Fall einer gesundheitlichen Frage.

Bald schrieben sie wieder jeden Tag.

Und diesmal, nahm sich Sophia vor, wollte sie die Freundschaft nicht mehr so leicht aufgeben.

Sein Rücken meldete sich nun wieder regelmäßig.

Es ging ihm schlechter – trotz der Übungen, die sie ihm damals vorgeschlagen hatte.

Auch die Tipps, die Sophia ihm vorsichtig gab – Kräuter, Umschläge, Dehnungen –, schienen nicht zu fruchten.

Und Sophia wusste es:

Es würde erst besser werden, wenn er sich seinen inneren Themen stellte.

Von außen hatten sie genug Impulse gesetzt.

Jetzt musste etwas in ihm selbst geschehen.

Doch als sie ihn bat, sich mit der Geschichte seiner Seele auseinanderzusetzen, brach Geoffrey den so mühsam wieder aufgebauten Kontakt sofort ab – nur um sich wenige Tage später erneut zu melden, als wäre nichts gewesen.

Es folgte ein Wechselbad von Nähe und Rückzug.

Immer wenn Sophia versuchte, seine Aufmerksamkeit auf den Ursprung seiner Schmerzen zu lenken, wich er aus.

Manchmal brach er den Kontakt ganz ab, manchmal tauchte er nach Tagen oder Wochen wieder auf – mit scheinbar harmlosen Fragen:

Über eine Studie, die er gelesen hatte.

Über ein Heilkraut in einer neuen Salbe gegen Rückenschmerzen.

Über einen Artikel in einem Magazin.

Immer neue Anknüpfungspunkte, immer neue Umwege – als wolle er Nähe halten, ohne wirklich berührt zu werden.

Sophia ermüdete dieses ständige Hin und Her allmählich.

Immer wenn sie sich weit genug öffnete, um wirklich etwas bewirken zu können, zog er sich zurück.

Inzwischen war ein ganzes Jahr vergangen – ein Jahr aus Annäherung und Rückzug.

Und mit jeder Wiederholung entfernte sie sich ein wenig mehr von diesem Mann, der sie zwar oft berührte, erinnerte und inspirierte – und der doch immer wieder betonte, dass er an all das nicht glaubte.

Für ihn zählten Wissenschaft und neue Behandlungsmethoden – selbst wenn sein Rücken längst der beste Beweis dafür war, dass sie nicht ausreichten.

Schließlich kam Sophia zu dem Schluss, dass er seinen eigenen Weg gehen musste.

Und dass sie ihn ziehen lassen musste.

Sie hatte es oft genug versucht.

Doch jedes Mal, wenn sie ihm die Wahrheit zeigen wollte, verschloss er sich.

Er musste selbst erkennen, dass er krank war – nicht nur im Rücken, sondern tief im Mark seiner Seele. Dass er ein Leben führte, das ihn innerlich zermürbte.

In seiner Rationalität fehlte ihm der Glaube daran, dass eine Veränderung – im Herzen, nicht nur im Denken – zu einer dauerhaften Besserung seines Befindens beitragen könnte.

Erst wenn er sich dem Leben wirklich öffnete, würden seine Selbstheilungskräfte zurückkehren.

Er war erfolgreich und hielt sich darum für resilient.

Doch sein Rücken, sein Körper, seine stummen Hilferufe an Sophia sagten etwas anderes.

Aber diese Erkenntnis musste in ihm selbst wachsen.

Noch behandelte er Sophia wie eine Tablette:

Eine kleine Übung hier, ein Kräutertee da – und dann weitermachen wie bisher.

Bloß nicht in die Tiefe gehen.

Sophia setzte ihren Weg fort – getragen von den Erfahrungen, die jeder Tag ihr schenkte.

Mit jedem Menschen, dem sie begegnete, wuchs nicht nur ihr Wissen, sondern auch ihre innere Gewissheit.

Den Kontakt zu Geoffrey ließ sie ruhen – nicht aus Trotz, sondern aus Verständnis.

Manche Wege muss jeder allein gehen.

Und tief in sich wusste sie: Wenn seine Zeit gekommen war, würde ihre Tür offenstehen.

In dieser Zeit verloren Jack und Sophia sich immer mehr aus den Augen. Sie zweifelte nicht mehr.

Nicht an ihren Fähigkeiten. Nicht an dem Weg, der sie lehrte, Körper, Geist und Seele in Einklang zu bringen und ihm die Möglichkeit zu geben, aus innerer Kraft heraus gesünder zu werden.

Sie lebten nebeneinander her wie zwei Fremde, die einst etwas verband, sich nun aber nur noch schweigend umkreisten. Jack blieb seinen flüchtigen Begegnungen treu, während Sophia tiefer tauchte, suchte, fragte. Ihre Freundes- und Bekanntenkreise entfernten sich ebenso wie sie selbst voneinander.

Als Jack eines Tages beiläufig erwähnte, dass Geoffrey und Dominique wieder einmal zu einer Party geladen hätten, klang es weniger nach Einladung als nach Abschied auf Zeit. Er sagte es, um sie wissen zu lassen, dass er für einige Tage fort sein würde – und dass sie allein zurechtkommen müsse.

»Wir wollen eine Woche lang zusammensitzen und alte Zeiten aufleben lassen«, rief er, während er nur kurz den Kopf zur Tür hereinsteckte. Er sah sie dabei kaum an, stellte keine Fragen.

Sophia antwortete knapp: »Viel Spaß, habt eine gute Zeit.«

Sie hörte ihn noch etwas brummen, dann war er auch schon verschwunden. Und diesmal war es ihr nicht nur gleichgültig. Nein – sie empfand Erleichterung. Eine ganze Woche, frei von kritischen Blicken, unbequemen Plänen und gut gemeinten Ratschlägen, nach denen sie nie gefragt hatte.

Es war die perfekte Zeit, um ihr Haus in Ruhe zu renovieren. Um einen Raum für sich zu schaffen – und vielleicht auch ein Stück Raum in sich selbst.

Als Jack endlich fort war, atmete sie tief auf. Zum ersten Mal seit Langem. Sie deckte die Möbel ab, schob sie in die Mitte des Raumes und begann, Schicht um Schicht alte Tapeten von den Wänden zu lösen – als würde sie etwas Vergangenes von ihrer Haut streifen.

Das Haus stand voller Farbeimer, Malerflies und abgedeckter Möbel. Im Schlafzimmer trockneten die ersten neuen Tapeten an den Wänden, im Wohnzimmer war der Tapeziertisch aufgebaut – da hörte sie, wie ein Auto vorfuhr: Jacks Auto.

Schon bevor er sprach, hörte sie die Wut und Frustration in seiner Stimme – oder vielmehr in der Art, wie er die Tür aufschloss und so heftig aufstieß, dass sie gegen die Wand knallte.

»Verdammte Scheiße, war das ein Reinfall – hunderte Meilen gefahren für nichts!«, knurrte er. »Stell dir vor, sie waren nicht einmal da! Ich wäre am liebsten...«

Erst jetzt schien er das Durcheinander zu bemerken. Er stockte, und sein aufgebrachtes Gesicht wurde noch eine Spur röter.

Was er alles gewettert hatte, wusste sie hinterher nicht mehr. Er tobte, schrie und knurrte. Der Tapeziertisch musste als erstes dran glauben. Der Kleister, den sie eben noch auf die Bahn streichen wollte, spritzte über die Fliesen und gegen die Wand.

Er zerriss Tapetenbahnen, stieß Möbel um, fegte Fotografien und Kartons von den Stühlen und abgedeckten Möbeln – Kartons, die sie extra gepackt hatte, damit nichts schmutzig wurde.

Erst als sie sich ihm in den Weg stellte und rief: »Hör auf! Fahr wieder! Fahr! Du machst alles kaputt! Mein Leben, meine Arbeit...«, hielt er inne.

Sie setzte ihn vor die Tür. Seine Sachen hatte er ohnehin noch im Auto für die Reise, und einiges war durch die Renovierung bereits in Kisten verpackt.

Sie stellte ihm alles hin, von dem sie wusste, dass es ihm gehörte. Ohne ein weiteres Wort schmiss er die Kisten in den Wagen und fuhr davon.

Sie warfen sich gegenseitig Vorwürfe an den Kopf – vielleicht wäre es nicht für immer, vielleicht aber doch.

Er fuhr.

Und sie stand keuchend in der Tür, den Blick auf das Chaos gerichtet, und wusste: So hatte sie sich die Neugestaltung ihres Hauses nicht vorgestellt.

Sie sah ihn tatsächlich nie wieder.

Weinend räumte sie auf.

Nicht nur die zerstörten Tapeten, den umgestürzten Tapeziertisch oder die umgeworfenen Möbel und Bilder – sie räumte auf von Grund auf.

Keine 48 Stunden später hatte er sie im Beziehungsstatus bereits durch eine neue Frau ersetzt.

Sophia hingegen hatte es nicht eilig, den Raum zu füllen, den Jack hinterlassen hatte. Sie war vielmehr damit beschäftigt, sich ihre Räume selbst zurück zu erobern. Sie konzentrierte sich auf ihre Berufung und spürte, was in der Ankündigung seiner Reise schon angeklungen hatte: die Freiheit, wenn er nicht da war - die Freiheit, das Haus mit anderen Energien zu füllen, als einer bloßen Beanspruchung.

Sie gestaltete die Räume neu, entfernte Gegenstände, die an ihn erinnerten, die nun nicht mehr passten. Sie wurden lichter und freier, nicht so zugestellt und vereinnahmend. Nach und nach fand sie ihren Platz in ihrem eigenen Haus wieder. Sie bekam wieder öfter Besuch von ihren Freundinnen und nahm ihre Arbeit mit voller Begeisterung auf.

Geoffrey schien von der Trennung gehört zu haben und schrieb eine leicht ironische Nachricht: »Na? Hast du versucht den untherapierbaren Jack auch eine Seele zu geben?«

»Ich habe meiner Seele einen Raum gegeben, den sie verdient hat.«, schrieb sie zurück und rechnete halb mit einem weiteren Monat des Schweigens von seiner Seite aus.

Sie hatte sich geirrt. Er schien auf seine eigene Art beeindruckt. Er schrieb zurück, eine Nachricht nach der anderen. Als hätte sich in der Zeit, in der sie geschwiegen hatten, eine Menge angestaut.

Sie schrieben sich mehrmals am Tag. Und auch seine Fragen hatten sich geändert. Er fragte nun gezielter nach dem was sie tat: was für Leute kamen, welche Probleme sie hätten, wie sie mit ihnen arbeitete.

Sie ging jedoch nicht ins Detail.

Was während einer Session geschah, war persönlich, intim, und sie wäre damit niemals hausieren gegangen, selbst wenn sie es gekonnt hätte. Aber sie war nur ein Medium - was sie sah, sprach sie aus und vergaß es danach sofort wieder. Jeder Mensch hatte seine eigene Geschichte und sie sollte auch bei ihm bleiben.

Was sie ihm jedoch erzählen konnte, war, aus welchen Winkeln des Landes und sogar über die Grenzen Englands hinaus Menschen bei ihr Termine buchten – und welche positiven Erfahrungen sie dabei gemacht hatten.

Und das schien Geoffrey zu genügen. Es war eine Sprache, die er verstand: die Sprache des Erfolgs, mit der sie seine Skepsis lindern konnte.

Es schien ihm Beweis genug – und vielleicht war er mit seinen Mitteln über die Zeit wirklich nicht weitergekommen –, sodass er sich nach einigen Wochen doch entschloss, Sophias Unterstützung anzunehmen.

Sophia hatte den Ansatz, den sie vor nun beinahe einem Jahr mit ihm starten wollte - über die Ferne in seine Seele zu schauen, inzwischen ausgebaut. Er war der Stein des Anstoßes gewesen und auch wenn sie diesen Versuch damals abgebrochen hatten, weil er sich nicht darauf einlassen konnte, hatte sie es erfolgreich bei anderen Klienten angewandt und ihre Erfahrungen gesammelt.

Als sie also an einem Sonntagmorgen von Geoffrey die Nachricht erhielt, dass er unerträgliche Schmerzen im Halswirbelbereich hätte, schlug sie ihm vor sich über die Ferne mit ihm zu verbinden.

Von seiner vorherigen Skepsis war wenig zu spüren, alles wurde überlagert von dem Schmerz, den er hatte.

Sie rief ihn an, fühlte weiter in den Schmerz und hatte schließlich den Impuls ihren Kopf zu drehen und ihren Halsmuskel leicht nach links hin zu dehnen.

Geoffrey wurde sofort schwindelig, aber sie konnte ihn beruhigen und ging einem weiteren Impuls nach, bewegte den Kopf wie eine Pendeluhr hin und her.

Geoffrey rief erstaunt auf, als etwas in seinem Halswirbel knackte und der Schmerz deutlich nachließ.

»Das sollte für heute erst einmal reichen. «, begann Sophia und stand auf. »Du solltest dich heute schonen und...«

Sie brach ab. Gerade war sie dabei die Verbindung zu ihm aufzulösen, da sah sie vor ihren Augen plötzlich eine große schwarze Tür. In ihr regte sich ein innerer Widerstand.

»Das ist nicht meine Tür, dort gehe ich nicht hinein. « Aber sie bewegte sich nicht fort, fragte sich, was diese Tür bedeuten sollte und immer sicherer wusste sie: »Nein! Dort gehe ich nicht hinein!«

Zuerst glaubte sie, die Tür wäre geschlossen, aber - sie war so schwarz, dass es unmöglich war das genau zu erkennen. Und plötzlich schob sich eine Hand über die Schwelle, aus der Finsternis heraus. Etwas kroch aus dem dunklen Raum jenseits der Tür - oder vielmehr jemand. Sie hielt den Atem an. Sie erkannte ihn - erkannte ihn obwohl er überzogen war mit einer schwarzen zähen Masse - wie ein Mensch unter Teer: Richard - der Lord!

Stück für Stück, zog er sich aus dieser Tür heraus, Stück für Stück zog ihn etwas wieder zurück. Nur mit äußerster körperlicher Anstrengung, schaffte er es sich von diesem Griff zu befreien, diese dunkle Energie, die Finsternis hinter sich zu lassen.

Sophia erzählte Geoffrey, was sie sah, was es für ihn bedeutete. Dass es bedeutete, dass er bereit war und den Entschluss gefasst hatte, wirklich zu handeln – und damit den ersten Schritt auf seinem eigenen Weg der Regeneration zu gehen.

Geoffrey schien tatsächlich zu begreifen, was sie meinte – und an diesem Tag ließen seine Rückenschmerzen erstmals spürbar und für längere Zeit nach.

»Es ist unglaublich Sophia, allein durch dieses Telefonat... «

»Es ist mehr passiert als nur ein Telefonat. «, erklärte sie ihm, »Du hast dich dazu entschlossen, etwas zu verändern. Du hast dich geöffnet und mit mir gespürt, dich verbunden... Du hast dich entschlossen und durch den Entschluss selbst schon etwas verändert. Das war nicht wenig und erst recht nicht »nur« ein Telefonat, Geoffrey. Das war ein großer Schritt, auf einem langen aber wichtigen Weg...«

Er ließ diese Worte einige Atemzüge stehen und fragte dann: »Wirst du mich auf diesem Weg begleiten, Sophia?«

Sie lächelte, innerlich - äußerlich, auch wenn er es nicht sehen konnte in diesem Moment, vielleicht konnte er es fühlen.

»Wie ich dir an diesem einen Abend schon gesagt habe, Geoffrey: Du musst das nicht alleine tun.«

Im Zwiespalt zwischen zwei Welten

Einige Wochen später, während Geoffrey auf Geschäftsreise war, verabredeten sie sich zu einer Heilsession und diesmal war Geoffrey auch bereit dazu.

Er hatte gerade eingecheckt und hatte sich ins Restaurant gesetzt, um eine Kleinigkeit zu essen und zu trinken, als sie ihm schrieb: »Bitte keinen Alkohol trinken, wenn wir diese Arbeit vor uns haben!«

Er runzelte leicht die Stirn, hatte er doch zu seinem Imbiss ein Glas Wein bestellt. Aber mittlerweile wunderte er sich bei ihr über nichts mehr, schrieb eine kurze Nachricht zurück und ersetzte das Glas Wein durch ein großes Glas Wasser.

Während sich Geoffrey also stärkte und später langsam in Richtung seines Hotelzimmers ging, bereitete sich Sophia zuhause vor.

Sie zündete eine Kerze an, legte sich auf ihre Massageliege und deckte sich zu. Zuerst konzentrierte sie sich auf die leise Musik im Hintergrund, aber auch diese trat mehr und mehr zurück, während sie sich auf »die andere Ebene begab« - so beschrieb sie es Menschen, die davon wissen wollten. Aber eigentlich es schwer zu beschreiben, dieser Raum zwischen den Welten, die Räume und Ebenen in denen sie sich mit anderen Seelen verbinden konnte. Die meisten Worte waren dafür zu gegenständlich und vermochten es nie ganz zu beschreiben.

Sie rief ihn an und bemerkte sofort eine gewisse Anspannung in seiner Stimme. Geoffrey war ein Mann, der Kontrolle brauchte - über seine Umgebung, über sich selbst, über alles, was ihn verletzbar machte.

Dass er nun nicht genau wusste, was auf ihn zukam, machte ihn unruhig.

»Lege dich bitte auf das Bett neben dir, decke dich zu. Du musst dich sicher fühlen, um dich zu öffnen. Und atme. Langsam. Tief.«

»Hab ich gemacht… «, antwortete er nach kurzem Zögern. Aber Sophia wusste es besser. Es war nicht nur der Ton seiner Stimme. Da war etwas - eine Unruhe, die nicht in seinem Körper, sondern hinter seinem Körper saß.

»Du sitzt noch. Du liegst nicht.«

Am anderen Ende der Leitung wurde es still. So still, dass sie für einen Moment nicht einmal seinen Atem hörte.

Dann… ein kaum hörbares Rascheln. Eine Matratze. Eine Decke. Ein Ausatmen, das nicht nur Luft, sondern auch Widerstand losließ.

Sie spürte noch immer sein Herz rasen, aber entgegen seiner inneren Widerstände, war er ihrer Weisung gefolgt, ließ sich darauf ein… ein kleines Stück nur, gerade genug, dass sie ihn fühlen konnte.

»Dein Mund ist trocken, es wird dich ablenken. Trinke noch etwas aus der Wasserflasche neben dir, bevor wir anfangen.«

Sie hörte die Frage, die er nie stellte: »Woher zum Teufel wusste sie, dass dort eine Wasserflasche stand?«

Aber das Gefühl der Trockenheit verschwand: er legte sich wieder hin und schloss die Augen.

Sophia sah erneut das Bild wie Geoffrey als Lord am Boden lag, mit einer schwarzen, teerartigen Masse überzogen. Und auch Geoffrey sah es. Die Gestalt am Boden, den Teer - es war als würden sie beide den gleichen Film sehen, nur für Geoffrey war es eine neue Erfahrung. Seine Stimme war voller Flüstern und Erstaunen, dann voller Unruhe.

»Mein Unterkörper wird ganz schwer, Sophia. Was passiert hier? Was passiert mit mir?«

»Es ist soweit... «, entgegnete sie und sagte ihm, er solle sich keine Sorgen machen. In Gedanken fragte sie ihre Geistführer um eine Antwort. Was sollte sie tun, um den Lord aus dieser schweren Schwärze zu befreien? Was um ihn wieder ins Licht zu holen?

Visuell zog sie die gekrümmte Gestalt in die Mitte des Raumes und trat anschließend zurück. Um den Lord herum stellten sich auf einmal mehrere Lichtwesen im Kreis auf. Sein Oberkörper wurde immer heller, die Masse zog sich weiter zurück und schien schließlich im Boden zu versickern, bis der Körper des Lords beinahe so hell strahlte wie die Lichtwesen, die ihn umgaben.

Geoffrey wurde mulmig zumute und er sagte mit einem leichten Beben in der Stimme: »Mein ganzer Körper fängt an zu kribbeln. Und ich schwitze wie verrückt! Wieso ist es plötzlich so heiß?!«

»Wir versuchen dich als Lord aufzustellen... «

Er stand auf und kniete sich neben das Bett. Sophia nahm ihn gedanklich bei den Händen, fühlte sie warm in den Ihren und er stand langsam auf. Vor ihren Augen erhob sich auch Richard von Ravenshire, stand auf beiden Füßen, den Kopf noch immer gesenkt, als würde er im Stehen schlafen. Aber er stand - obwohl seine Augen noch immer geschlossen waren.

Wieder fragte Sophia ihre Geistführer um Rat.

»Der Lord muss sich sein verlorenes Herz selbst wieder einsetzen.«

Sophia wandte sich wieder Geoffrey zu: »Lege deine rechte Hand auf dein Herz.«

»Das ist doch Unsinn...«, begann Geoffrey, aber Sophia unterbrach ihn.

»Lege deine rechte Hand auf dein Herz und halte es. Sage die Worte: Mein Herz bleibt bei mir und niemand nimmt es mir weg.«

Sie spürte seinen Widerstand auf ihren Lippen, aber er schmolz dahin, sobald er seine Hand auf sein Herz legte. Sie hörte ihn sagen: »Mein Herz bleibt bei mir und niemand nimmt es mir weg.«

Sie spürte wie Geoffreys Körper zu vibrieren und pulsieren begann, als würde das Leben endlich wieder durch seine Adern strömen und nicht nur das kalte Öl einer kalkulierenden Maschine. Er keuchte, schrie beinahe auf, als er das Blut durch seine Adern strömen hörte und im nächsten Augenblick hob der Lord, Richard von Ravenshire langsam den Kopf.

Geoffrey konnte es nicht fassen: »Ich sehe Licht und ich sehe die Sonne!« rief er aus, als sähe er beides zum ersten Mal in seinem Leben und hatte davor nicht begreifen können wie wunderschön beides war. Sie hörte eine Freude in seiner Stimme, die davor nicht dagewesen war: »Ich sehe einen Fluss, Sophia. Eine Burg, ein Dorf in der Ferne, in dem etwas wunderbares wartet. Ich stehe auf einer Zugbrücke, die Burg in meinem Rücken und schaue in die Sonne, die auf dieses Tal zu meinen Füßen fällt und sich im Fluss spiegelt...«

Sophia war von seiner Freude erfüllt und lächelte.

»Nun strecke die Arme nach oben und fühle, wie lebendig du bist!«

Sie spürte das Leben in ihm und auch die Erschöpfung. »Ich ziehe mich nun langsam aus deiner Seele heraus...«, und als sie sich selbst langsam auf ihrer Massageliege aufrichtete und fragte wie er sich fühlte, hörte sie seine Erschöpfung aus jedem Wort: »Es ist unglaublich, Sophia! Ich bin hundemüde und doch... noch nie habe ich mich so lebendig gefühlt wie jetzt! Ich begreife das einfach nicht, wie ist das nur möglich? Einfach so... «

Sie lächelte. Ihm fehlten offenbar die richtigen Worte, denn »einfach so« war dieses Glück nicht gekommen. Er hatte hart dafür gearbeitet, er hatte vertraut, er hatte sein Herz gefunden und begonnen altem Unrecht ins Gesicht zu schauen und den Mut gehabt etwas zu berühren, was jenseits seiner Vorstellung gelegen hatte. Das war alles, aber nicht »einfach so«.

»Man kann nicht alles mit dem Verstand begreifen.«, sagte Sophia, »Freu dich doch einfach, dass nun dein neues Leben beginnt.«

Am nächsten Morgen war Geoffrey wie ausgewechselt. Er erzählte Sophia später, wie er aus dem Bett gesprungen war und sich regelrecht auf den Tag freute, der vor ihm lag. Auf dem Weg zur Arbeit, hatte er die Musik laut aufgedreht und mitgesungen. Er erzählte lachend von den verwunderten Blicken seiner Mitarbeiter, die sich gewundert hatten ob er einen besonders guten Abschluss getätigt oder im Lotto gewonnen hätte.

Sein erster Anruf des Tages war allerdings kein geschäftliches Telefonat, er galt Sophia: »Ich wollte mich noch einmal bei dir bedanken, Sophia. Nach allem was du für mich getan hast... was wir geteilt haben. Es ist wohl an der Zeit, dass wir uns einmal persönlich sehen. Wenn es für dich passt, werde ich zu dir kommen, damit wir weiterarbeiten können. Ich habe mich wirklich noch nie so gut gefühlt wie heute. Das müssen wir fortsetzen… Wer weiß, was wir gemeinsam erreichen können? Sag mir, wenn es für dich passt…«

Sophia lächelte vor sich hin. Sie hörte den Lord in Geoffrey. Auch Richard von Ravenshire war ein lebenslustiger Mensch gewesen, mit Sehnsüchten und Wünschen jenseits seiner Verpflichtungen - bevor Politik und Intrigen und seine Pflichten ihn hatten erkalten lassen. Doch ihr Terminkalender war voll und wenn es bei ihr passte, dann hatte er Verpflichtungen zuhause, aber sie versprachen sich weiter in Verbindung zu bleiben und in ein paar Wochen noch einmal Termine abzugleichen.

Doch zuerst sollte es zu einem Treffen ganz anderer Art kommen.

Einige Wochen später spürte Sophia wieder einmal starke Schmerzen. Sie fühlte in sich hinein und erkannte, dass es nicht ihre Schmerzen waren, sondern die Schmerzen eines Menschen, mit dem sie schon einmal in Verbindung getreten war.

Schon in der Nacht war sie von Kopfschmerzen geplagt worden und sie zogen allmählich in den Nacken. Für sie war klar, dass es Geoffreys Schmerzen waren und sie wurden gegen die Mittagszeit so stark, dass sie beschloss, sie aufzulösen.

Um ungestört zu sein, nahm sie ihr Handy in die Hand, um es auszuschalten. Als sie ihren Finger zum Ausknopf bewegte, ploppte eine Nachricht auf.

Geoffrey.

»Sophia, dieses Mal brauche ich ein großes Pflaster. Habe mich wohl verlegen - alles ist verspannt, mein Kiefergelenk sitzt fest, mein Halswirbel ist total angesapnnt und ich scheine mich wieder verloren zu haben. Fühle seit Tagen nichts mehr - weniger als vorher!«

In den letzten Wochen hatten sich die Nacken- und Rückenschmerzen immer wieder in sein Leben zurückgeschlichen. Aber da sie nie einen gemeinsamen Termin fanden, verschoben sie die wohl längst überfällige Arbeit daran immer wieder.

»Dann lass uns das wieder über die Ferne machen. Hat das letzte Mal doch auch funktioniert!«, sie hörte seine Verzweiflung, die allerdings nicht groß genug schien, um zu überwinden, was ihn noch von einem persönlichen Treffen abhielt.

Für den Heilprozess selbst spielte es freilich keine Rolle - wie auch das letzte Mal konnte die Prozessarbeit gut auch über die Entfernung geschehen. Dennoch fühlte Sophia eine leichte Spannung, die sie sich nicht ganz erklären konnte, etwas wie Vorfreude, ein Wiedersehen auf einer anderen Ebene.

Sie verabredeten also einen festen Zeitpunkt für diese »Prozessarbeit«, in der sie beide ungestört sein würden. Sie legte sich auf ihr Bett und schloss die Augen - ihr Handy lag auf Lautsprecher gestellt auf dem Nachttisch.

In Gedanken saß Geoffrey neben ihr auf dem Bett, hielt ihre Hand und bat sie um Hilfe. Sie spürte seine kalte Hand in ihrer, drückte sie und sagte zu ihm: »Mach dich bereit - es geht los. «

Sie nahm wahr, wie er vor ihr niederkniete - noch immer ihre Hand haltend und, als er sich erhob, stand Geoffrey als Richard von Ravenshire vor ihr. Er verneigte sich leicht und es schien ein wenig, als wollte er sie um Verzeihung bitten. Sie nahm seine Hand nun in ihre beiden Hände und sagte: »Mach dir keine Vorwürfe, Richard. Es ist längst alles gut zwischen uns. Ich habe dir längst verziehen... Elisabeth, hat dir längst verziehen!«

Sie fragte ihre Geistführer: »Was sollen wir tun? Was können wir tun, damit dieser Schmerz aufhört?«

»Wenn ein energetischer Austausch zwischen euch stattfindet, sollte der Druck in seinem Kopf nachlassen und damit auch bei dir.«

Und so ging Sophia den letzten Schritt und nahm vollends die energetische Verbindung zu Geoffrey auf, dessen Seele bereits in Form des Lords an ihrem Bett stand.

In Gedanken war Geoffrey jetzt jedoch näher und lag neben ihr im Bett. Der Lord trat einen Schritt zurück und auch Sophias Seele, in Gestalt von Elisabeth verließ sie. Es war ein sonderbares Gefühl, ein wenig wie bei der Rückführung aber, irgendwie auch nicht. Es fühlte sich echter an, greifbarer, ein wenig, als würde sie schnell fallen.

Richard und Elisabeth hatten sich viel zu sagen, sie entfernten sich immer weiter von Sophia und Geoffrey und Sophia spürte eine leichte Panik in sich aufsteigen. So etwas hatte sie noch nie erlebt.

»Komm schon, ihr habt genug geplaudert. Komm in meinen Körper zurück, du gehörst doch zu mir…«

Doch Elisabeth und der Teil Geoffreys der der Lord war, hatten einige Jahrhunderte nachzuholen, eine Trennung zu überwinden, die hier keine Rolle mehr spielte. Für einen Augenblick sah es so aus, als würden sie überlegen einfach hier zu bleiben, für immer verbunden, in einem Raum, in dem Zeit unbedeutend war. Für sie, aber nicht für die Körper, zu denen sie gehörten. Diese starren unbeweglichen Körper, die es offenbar nie schaffen würden, sich in der stofflichen Welt zu begegnen.

»Wenn ihr nicht zurückkehrt«, sagte Sophia, »dann wird das wirklich nicht passieren! Wie sollen wir uns einander erkennen, wenn ihr fort seid?«

Das schien beide zu überzeugen. Dennoch etwas widerwillig kehrte Elisabeth zu Sophia zurück und der Lord hielt ihre Hand, bis das Bild von Geoffrey neben Sophia verblasste.

Es dauerte eine ganze Weile, bis Sophia aus diesem Zustand wirklich erwachte. Bevor sie es wagte von diesem Erlebnis zu berichten, die letzte Angst, er könne ihr doch wieder vorwerfen, dass sie verrückt sei, fragte sie ob er noch Schmerzen habe.

»Nein, natürlich nicht.«, erklärte er lachend. »Was immer du die letzten Stunden wieder getrieben hast, es ist wie weggeblasen!«

Sie erzählte ihm von Elisabeths und Richards energetischem Austausch, von ihren Schwierigkeiten beide zu einer Rückkehr zu bewegen und er sagte mit einem erstaunlich liebevollen Unterton: »Was du wieder erlebt hast!«

Aber es war mehr geschehen als nur eine Verbindung der alten Seelen untereinander. Es musste zwangsläufig mehr geschehen sein, denn die alten Leben, wirken schließlich in die neuen hinein. Sie teilten nicht nur den alten Schmerz, der das neue Leben so stark beeinflussen konnte, sondern auch die Freuden.

Wie Elisabeth und der Lord miteinander umgegangen waren, so verschwanden mit diesem Tag auch die Berührungsängste, die Geoffreys und Sophias Kontakt bis dorthin immer irgendwie begleitet hatten. Auch Geoffrey und Sophia begannen miteinander sich gelöster zu begegnen.

Ihre Nachrichten entwickelten einen neuen Ton, eine neue Stimmung. Immer wieder hatten sie sich etwas zu erzählen, was nicht unbedingt mit den neuesten Rückenübungen oder wärmenden Salben zur Schmerzlinderung zu tun hatte. Die Angst voreinander, die sie davor immer irgendwie begleitet hatte, war verschwand leise. Sie durchdachten nicht mehr jedes Wort, hatten beide nicht mehr das Gefühl sich verstellen zu müssen, den Erwartungen des anderen gerecht werden zu müssen. Sie durften sein wie sie waren. Denn sie waren bereits einmal gewesen und hatten sich verbunden.

Alles war leicht geworden, schon fast beschwingt und locker, wie damals vor fast 900 Jahren in einem Dorf am Waldrand einer Grafschaft.

Und nun da die letzten Berührungsängste gefallen waren, ergab sich auch ein Termin. Sie mussten keine Hotels aufeinander abstimmen, nein Geoffrey wollte sie in ihren eigenen Räumen besuchen. Sehen wo sie Leute behandelte, wenn sie wirklich bei ihr waren.

Sophia war aufgeregt. Seit dem ersten Treffen in Geoffreys und Dominiques Haus waren nun etwas über zwei Jahre vergangen und es war das erste Treffen bei dem sie sich ganz allein sehen würden. Und nun nahm Geoffrey den weiten Weg auf sich und fuhr zu ihr.

Sie putzte ihr Haus einmal mehr, als nötig gewesen wäre und fragte sich dazwischen, was sie eigentlich erwartete. Aber als Geoffrey schließlich bei ihr eintraf und sie mit einem Strahlen ansah, bei dem die Seele Richards durchschien überwog und er sie in den Arm nahm wie eine lang verlorene Freundin, überwog nur noch Freude.

Sophia konnte später nicht mehr genau sagen, über was sie gesprochen hatten, denn gesprochen hatte vor allem Geoffrey. Sie erinnerte sich vage daran, wie er davon erzählte, was er seiner Frau und seinen Arbeitskollegen erklärt hatte, wo er heute sei, nur um gleich darauf von einer Begegnung aus

Frankreich zu berichten, die er auf einer seiner Reisen gehabt hatte und die mit ihrem Treffen hier nicht viel zu tun zu haben schien.

Er erzählte, wie sehr sich sein Leben verändert hatte, seit er durch Sophias ganzheitliche Methoden so gut wie schmerzfrei geworden sei – was für Abschlüsse er gemacht hatte, welche Immobilien er gekauft hätte, welche Geschäftszweige er erobert hatte … Immer wieder, als er am Ende einer Erzählung angekommen war, sah er Sophia an, als erhoffte er sich von ihr ein Stichwort, aber ein wirkliches Gespräch entwickelte sich nicht daraus.

Von der Leichtigkeit, die sie in ihren Nachrichten über die Ferne seit einiger Zeit pflegte, war nichts mehr zu spüren.

Sophia empfand die Atmosphäre eher als angespannt und künstlich, und nach zwei Stunden einer versuchten Unterhaltung fuhr Geoffrey wieder los.

Schließlich war er offiziell nur unterwegs, um sich ein Grundstück in der Gegend anzusehen.

Von der Vergangenheit ihrer Seelen hatten sie gar nicht gesprochen. Geoffrey hatte sie mit materieller Euphorie überschüttet, wohl die wohltuende Wirkung der Aufstellung hin und wieder angerissen, aber nie wirklich erwähnt. Der Schmerz war fort, also konnte er fortfahren Besitz und Reichtum anzuhäufen, besser und leichter als zuvor und sich damit zu schmücken. Der eigentliche Wert war aber doch die Erkenntnis gewesen, einen Teil seiner Selbst zurückgewonnen zu haben und Sophia musste fürchten, dass er sich so schnell wieder selbstleugnen würde.

Sie erkannte, dass sie während ihres Gesprächs dauernd versucht hatte einen günstigen Moment abzupassen, um ihm mehr von Elisabeth und Richard zu erzählen. Von dem was sie eigentlich verband, aber er hatte sie überrollt - hatte ihr gar keine Chance dazu gegeben.

Ihre Perspektive kannte Geoffrey gar nicht: die Gefühle, die Sophia als Elisabeth während der Rückführung erlebt hatte und in diesem Leben nicht wiederfand. Auch jetzt, vor allem in ihrer ersten Umarmung hatte sie es wieder gespürt, ganz kurz nur, um danach zu erleben, dass es wohl nur eine Ahnung bleiben sollte. Dennoch war ihr spätestens heute klar geworden: die Suche nach Richard und Elisabeths Gefühlen, die sie damals erfahren hatte, hatte definitiv ein Ende gefunden.

Sie wollte nicht auf ein neues persönliches Treffen warten und schrieb ihm, wozu sie nicht zu Wort gekommen war.

Für einen kurzen Augenblick fürchtete sie schon, er würde gar nicht darauf antworten. Sie erinnerte sich an das letzte Mal, als sie ihm von Richard und Elisabeth erzählt hatte und er sie brüsk damit abgebürstet hatte, sie sollte aufhören ihn anzumachen. Diesmal schrieb er jedoch: »Liebe Sophia, ich kann dir nicht geben, was du brauchst. Was du brauchst ist ein ebenbürtiger Mann an deiner Seite und das bin ich nicht.«

Das war erstaunlich von einem Mann der sich sonst gern schmückte und gleichzeitig unglaublich enttäuschend. Sie schrieb ohne zögern zurück.

»Du spiegelst in mir irgend etwas was ich brauche. Was das allerdings ist, muss ich wohl selbst noch herausfinden.«

Vielleicht hatte auch er noch die letzte Phase ihrer Stille in den Knochen, denn seine Antwort kam umgehend, als hätte er Angst sie würde ihm sonst entgleiten: »Ich möchte die Verbindung zu dir nicht verlieren und ich bin dankbar, dass ich dich kennengelernt habe!«

Also hielten sie den Kontakt und wieder änderte sich etwas in ihrer Kommunikation. Anders als bei ihrem Treffen in ihren Räumen überschwemmte er sie nicht mit seinen Ansichten und weltlichen Energien. Er begann ruhig und gedankenvoll mit ihr zu sprechen, selbst der Klang seiner Stimme hatte sich verändert.

Sie entwickelten in den nächsten Wochen einen liebenswerten und humorvollen Umgang miteinander, der ihnen beiden guttat.

Die geheimnisvolle Klosterfahrt

In den nächsten Wochen kam Sophia immer wieder in Erinnerung, was sie zu Geoffrey gesagt hatte: »Du spiegelst etwas in mir, was ich brauche. Was das ist, das muss ich selbst noch herausfinden… «

Aber wie, dass war ihr noch nicht ganz klar. Sie spürte jedoch mit jedem Tag mehr den Drang, das Kloster noch einmal aufzusuchen. Allein, diesmal ohne Jack im Schlepptau, der seine eigenen Gedanken und Pläne mit sich geschleppt hatte. Nun war sie allein und noch freier ihrer Intuition zu folgen, wenn sie sich auf den Weg machte.

Beim Packen wurde ihr bewusst, wie lange sie nicht mehr fort gewesen war. Seit ihrer Ausbildung in der Klosterschule und der Reise mit Jack zu Geoffrey, hatte sie ihre Energie vor allem in ihre Arbeit gesteckt. Und das letzte Mal, dass sie alleine unterwegs gewesen war, war die Rundreise durch England und Schottland, als sie Richard gesucht hatte.

Nun hatte sie ihn gefunden und es galt Antworten auf die Fragen zu finden - auf einen Teil von ihr, der sich irgendwie noch immer nicht ganz anfühlte.

Warum also nicht den Ort aufsuchen, der ihr so viele Male einen Hinweis gegeben hatte - Türen in ihr geöffnet, vor denen sie erst Tage, Wochen, Jahre später stand? Das Kloster, in dessen Räumen sie sich so wohl gefühlt hatte…

Wie schon beim ersten Mal verlief auch diese Reise alles andere als geplant.

Der Verkehr staute sich auf der Schnellstraße, die Landstraßen waren mit Baustellen übersäht und erst als der Hunger sie quälte, ging ihr auf, wie spät es geworden war. Zu spät, um ihr Ziel noch zu erreichen.

Sie suchte also auf ihrem Smartphone die nächste Übernachtungsmöglichkeit und landete so in einem kleinen Ort, in dem seit Queen Victoria nur die Automobile und Moden etwas moderner geworden waren.

Hier gab es auf dem Dorfanger noch einen Schmied, die lokale Supermarktkette hatte sich in Form eines kleinen Ablegers in das größte Gebäude am Markt - einer alten Post gequetscht. Das Neonschild wirkte so fehl am Platz wie das neueste Wochenangebot. Direkt daneben lag ein Gasthaus, das noch mehr war als ein bloßer Pub und ebenfalls ein Restaurant und tatsächlich drei Gästezimmer im oberen Stockwerk beherbergte.

Eine Infotafel informierte sie darüber, dass es das älteste Gebäude des Dorfes sei - das einzige Gebäude, aus dem 11. Jahrhundert, gemeinsam mit einer Kirche bildete es die letzten Originale des alten Dorfes und war mit ihr eine der Attraktionen.

Die Möbel waren der alten Zeit nachempfunden, aber man hatte modernisiert wo es nötig war: Elektrizität, warmes Wasser und freies W-Lan.

Der Wirt freute sich sehr, als sie nach einem Zimmer fragte. Wenn es keine Hochzeiten im Ort gab oder das ein oder andere Festival auf umliegenden Dörfern oder der fünfzig Meilen entfernten Burg, sahen sie hier wenig Gäste, die über Nacht blieben.

Umso mehr freute er sich über den bezahlten Besuch außer der Reihe und er schickte seine Tochter sogleich nach oben um Zimmer 1 - das mit der besten Aussicht auf den Fluss - zu lüften und die abgedeckten Betten zu beziehen.

Er bot Elisabeth einen schönen Tisch im Restaurant an und da sie ohnehin großen Hunger hatte, machte es ihr nichts aus beim Essen darauf zu warten, dass er ihr die Zimmerschlüssel vorbeibringen würde.

Die Küche war gehoben, aber die Preise erschwinglich. Sophia konnte sich nicht daran erinnern, wann sie das letzte Mal so gut gegessen hatte.

Vor dem Dessert brachte ihr der Wirt die Schlüssel und satt und zufrieden brachte sie ihre Tasche aufs Zimmer.

Sie saß eine Weile im halbdunkeln und blickte nach draußen. Das Zimmer ging nach hinten raus und sie blickte zwischen grünen Baumkronen hindurch auf einen Fluss. Sie fühlte sich pudelwohl - ein wenig, als wäre sie erneut nachhause gekommen. Ein Gefühl, dass sie morgen hoffte wieder erleben zu können, wenn sie das Kloster betreten würde. Voller Vorfreude schlief sie ein. Morgen würde sie endlich an den Ort zurückkehren, der ihr schon einmal so viel Inspiration geschenkt hatte.

Als sie am nächsten Tag aufwachte, bemerkte sie, dass sie länger geschlafen hatte als gedacht. Aus irgendeinem Grund hatte sie den Wecker nicht gehört. Sie warf noch einmal einen

Blick auf die Karte und gab die Route in ihre App ein - wenn sie sich jetzt unnötig beeilen würde, würde sie es vielleicht noch kurz vor der Schließzeit des Museums ins Kloster schaffen. Eigentlich hatte sie geplant dort zur Mittagszeit einzutreffen, das Kloster zu besuchen und auf dem Rückweg in Ruhe nach einer Übernachtungsmöglichkeit, wie dieser hier Ausschau zu halten. Wie konnte sie nur einen so besonderen Tag verschlafen?

»Wieder ein Umweg, wie damals... «, dachte sie und als sie dann daran dachte, wohin sie der letzte Klosterumweg geführt hatte, damals mit Jack, lächelte sie. Auch diese Reise lag wohl nicht in ihrer Hand.

Also ging sie in Ruhe frühstücken, bezahlte ihr Zimmer und fuhr weiter. Nicht über die Autobahn, denn sie hatte es ja nicht mehr besonders eilig. Dann würde sie eben erst morgen das Kloster erreichen und für heute Nacht vielleicht eine Übernachtung so nah an dem Kloster finden, dass es sie nicht mehr einen halben Tag Autofahrt kosten würde, um es zu besuchen.

Sie fuhr Nebenstraßen zwischen Feldern entlang, an hohen Hügeln und Felsen und Wäldern vorbei. Sie lernte die Umgebung kennen und checkte hin und wieder die Karte ob sie wenigstens noch in der richtigen Richtung unterwegs war.

Als sie so ein paar Stunden unterwegs gewesen war bekam sie allmählich Hunger und hielt nach einem weiteren Gasthaus Ausschau. Doch alles, was ihr das Navigationsgerät anbot war entweder geschlossen oder sah nicht besonders einladend aus.

Schließlich wurde ihr eine kleine Gaststätte innerhalb eines alten Burgmuseums angezeigt: »Speisen wie die hohen Herren.

«, stand dort - zusammen mit dem Hinweis, dass nur begrenzte Anzahl an Plätzen zur Verfügung stand. Ein kleines Städtchen lag dort an einem Fluss und darüber thronte eine alte Burg.

Sophia stockte der Atem - die Gegend hatte sich freilich verändert, die Wälder und Felder waren zum größten Teil Straßen und alten Fabriken gewichen - aber die Shiloutte des alten Gemäuers, die Form der Felsen, die Fenster, die alte Zugbrücke - all das zog sie an mit unbestreitbarer Sicherheit und das alte Wappen, das zur Burg wies, bestätigte es: dies war der Sitz der Familie von Ravenshire.

Sie parkte das Auto am Fuß des Berges und stieg einige Treppen hinauf, die inzwischen in den Fels eingelassen worden waren. Der alte Weg, der einst zwischen Bäumen und Findlingen hinaufgeführt hatte, war inzwischen geteert worden. Sie ging langsam, um die Umgebung auf sich wirken zu lassen. Es war ein wenig als würde sie einen alten Schulweg aus Kindertagen nachgehen - nur lagen diese "Kindertage" fast 900 Jahre zurück.

Auf der Brücke blieb sie kurz stehen und schauderte - der Torbogen - sie erkannte ihn wieder. Sie stand an der Stelle an dem der Lord sich einst vor fast 900 Jahren von Elisabeth verabschiedet hatte, damals, als sie einander das erste Mal begegnet waren.

Eine Frau ging an ihr vorbei und lächelte: »Sie können ruhig hineingehen - die Räume sind seit April wieder für Besucher geöffnet…«

Sophia lächelte zurück und riss sich von der Erinnerung los nur um gleich in die nächste Erinnerung zu stolpern.

Das Treiben hier war ein anderes - die Burg wirkte etwas einsamer: keine Fuhrwerke oder Arbeiter, Knechte oder

Händler, die sich im Burghof tummelten. Aber doch wirkte das alte Gemäuer in seiner unveränderten Art mehr auf Sophia als es der Weg hinauf getan hatte. Beinahe roch sie die modernde Kälte der Steine, das alte Holz, mit dem Teile der Flure und Treppen verkleidet waren. Die Wände waren nackter als in ihrer Erinnerung - damals hingen mehr Wandteppiche oder Felle dort, um die Kälte abzuhalten. Aber die alten hölzernen Vertäfelungen waren die gleichen.

Eine Frau mit einer Schürze trat auf sie zu: »Sie sehen hungrig aus. «, sagte sie. »Sie haben Glück, ein Ehepaar hat abgesagt - wenn sie möchten, können sie ihren Tisch haben…«

Sie konnte lediglich nicken. Zu überwältigend war die Atmosphäre, die Freundlichkeit, der Zufall…

Die junge Frau führte Sophia durch einen Flur, weiter als Elisabeth damals geführt worden war, an den Kammern der Herren und Damen entlang bis in einen großen Raum, dessen Wände mit aufwendigen Schnitzereien aus dunklem Tafelholz versehen waren und der mit antiken englischen Möbeln eingerichtet war.

»Natürlich nicht original aus dem 11. Jahrhundert - die Burg wurde im Spätmittelalter mehrere Male gebrandschatzt. Aber natürlich sind die Wandvertäfelungen noch aus jener Zeit. «, erklärte sie, als sie Sophias staunenden Blick bemerkte, während sie mit einer Hand auf einen Tisch mit zwei Stühlen wies. »Nehmen sie gerne Platz, ich bringe Ihnen gern das Gericht des Tages. Wir haben nur eine kleine Küche und servieren, was die hohen Damen und Herren an einem gewöhnlichen Tage gegessen haben. Viele Denken jeder Tag war Bankett und große Tafel, aber das war gar nicht so… die meisten Mahlzeiten waren doch eher… gewöhnlich.«

Wenn dieses »Lokal« wirklich noch andere Tische hatte, so sah Sophia sie nicht. Sie fühlte sich seltsam aufgesogen in diesen Ort, als wäre sie mehr ein Teil von ihm, als die Frau, die sie eben hineingeführt hatte. Ein Feuer brannte in dem Kamin, der Wind heulte durch das Gemäuer und sie hörte die Krähen irgendwo vor den Fenstern krächzen. Sophia war in einer völlig anderen Welt angekommen.

Ein Mann, der hergerichtet war wie ein mittelalterlicher Diener brachte Gedecke - eines für Sophia, das andere stellte er neben sie. Er hatte seine Anweisungen - ihm war ein Ehepaar angekündigt worden und für das deckte er auch. Die Frau die Sophia hineingeführt hatte flüsterte ihm etwas zu, aber er zuckte nur gleichgültig mit den Achseln, räumte das zweite Gedeck nicht ab.

Sophia blickte auf den Sessel neben sich und dachte: »Auf diesem Sessel würde Geoffrey optisch gut hinpassen.«
Sie runzelte die Stirn. Warum Geoffrey? Richard - bestimmt waren es nicht die richtigen Möbel, aber vermutlich hatte Richard hier oft gesessen... die junge Frau erklärte ihr, dass dieser Raum mehrere Funktionen gehabt hatte im Laufe der Geschichte. Aber er es war immer ein zentraler Raum gewesen, in dem sich die hohen Herrschaften aufgehalten hatten - sonst hätte er keinen Kamin gehabt.
Die Zeit verging wie im Fluge und nachdem Sophia einen stattlichen Preis für ihr Mahl bezahlt hatte - den sie für diese Erfahrung allerdings noch um ein zehnfaches mehr bezahlt hätte - erkundigte sie sich nach dem Weg zum Kloster.

Einen halben Tag zu Fuß - eine gute Stunde mit dem Auto - hieß es, allerdings hätte es nun bereits geschlossen.

Das Personal dieses besonderen Restaurants empfahl ihr einen Gasthof, keine zwanzig Minuten von der Burg entfernt und von dem aus auch das Kloster gut zu erreichen sein würde am nächsten Tag.

Sophia bedankte sich und wandte sich zum Gehen. Zögerlich, wie gegen einen inneren Widerstand. Am liebsten wäre sie einfach geblieben. Hier zwischen den Wandvertäfelungen in der alten Erinnerung.

Als sie über den Innenhof ging, an die Brüstung trat und über die Dächer der Stadt auf den Fluss schaute, versuchte sie sich die Felder vorzustellen, die hier einst waren und fragte sich, ob dies der Blick war, den auch Geoffrey gesehen hatte, als sie beide gemeinsam die Reise in die Vergangenheit unternommen und den Lord hatten aufleben und befreien lassen.

Beim Verlassen der Burg wurde Sophia schwer ums Herz und sie war so traurig, dass sie mit den Tränen kämpfte, als die Burg allmählich im Hintergrund verschwand. Sie wusste nicht warum, aber sie hatte plötzlich das Gefühl, sie würde etwas Wertvolles für immer verlassen.

Später, als sie am Schreibtisch des kleinen Zimmers saß, dass sie sich für die Nacht genommen hatte, schrieb sie Geoffrey von ihren Erlebnissen und schickte ihm Aufnahmen, die sie auf der Burg gemacht hatte.

»Natürlich ist es nichts im Vergleich zu der Atmosphäre dort. Du hättest dort sein müssen, es war überwältigend…«

Er freute sich von ihr zu hören, klang jedoch, als hätte er gar keine Zeit sich richtig mit dem zu beschäftigen, was sie ihm geschickt hatte.

»Klingt spannend. Sehe mir die Bilder später genauer an...«, schrieb er, bevor er ihr noch eine gute Nacht wünschte.

Sophia war an diesem Abend noch sehr nachdenklich und in sich gekehrt und ging früh schlafen.

Das Kloster war von ihrem letzten Gasthaus wirklich nur einen Katzensprung entfernt. Nicht mehr ganz so euphorisch, aber entspannt und erfüllt mit Dankbarkeit parkte sie ihr Auto dort, wo sie so viele Jahre zuvor mit Jack versehendlich geparkt hatte. In das Museum wollte sie gar nicht. Sie ging gleich in Richtung der alten Kapelle und nahm die Stille des Ortes auf, an dem sie so viel gelernt und sich so geborgen gefühlt hatte.

Auf dem Weg zur Kapelle schaute sie in den Klostergarten. Dort blühte noch eine Rose, obwohl es schon Dezember war. Sie berührte ihre rauhreif überzogenen Blätter mit ruhiger Hand und lächelte.

»Wie eine Erinnerung.«, dachte sie. »Manche Dinge überdauern die Zeit.«

Sie öffnete die Tür zur Kapelle und war allein. Sie trat auf den Altar zu und zündete zwei Kerzen an. Eine für Geoffrey und eine für sich selbst und ihre Familie.

Dann setzte sie sich auf eine der Bänke in der ersten Reihe und betrachtete die Kerzen, den Altar, das gedämpfte Licht auf den schlichten Steinsäulen...

Schon zum zweiten Mal war sie also an den Ort zurückgekehrt, an dem sie vor beinahe 900 Jahren gelebt hatte. Sie genoss die

Ruhe, hielt Zwiesprache mit den Wesen, die sie Außenstehenden gern als Lichtwesen beschrieb, damit diese überhaupt eine ungefähre Vorstellung davon hatten, was sie meinte und bedankte sich bei all jenen die sie - Elisabeth - vor so langer Zeit hier aufgenommen hatten.

Sie nahm sich die Zeit auf ihr jetziges Leben zurückzublicken, wohin es sie geführt hatte, nachdem sie vor so vielen Jahren mit Jack das erste mal hier gewesen war. Seither hatte sie viel gelernt, über die alte Klostermedizin, die Zusammenhänge von Körper, Seele und Geist und hatte mit ihrem Wissen vielen tief verletzten Seelen zur Selbsthilfe verholfen.

Sie empfand ihre Gabe, die sie hatte, zu der sie hier zurück gefunden hatte, als große Ehre und sie erfüllte sie mit besonderem Stolz.

Das ganzheitliche Denken und die Arbeit mit den Menschen jenseits der alltäglichen Ansätze hatten sie – wie einst Elisabeth – zu einer viel gefragten Frau gemacht.

Die Menschen kamen längst nicht mehr nur aus dem nächten Ort oder der nächsten Grafschaft zu ihr, sondern aus den verschiedensten Ländern. Was für eine wundersame Entwicklung sie hatte durchmachen dürfen. Sie war zutiefst dankbar.

Als sie die Kapelle schließlich verließ, traf sie auf dem Gang eine Schwester der Abtei. Sie sprachen eine Weile über die Geschichte des Klosters, den Klostergarten und die Besucher, die hier eine Ruhe fanden, von der sie oft nicht wussten, dass sie nach ihr gesucht hatten. Als sie sich voneinander verabschiedeten, wünschte ihr die Schwester eine gesegnete Zeit. Sophia sah ihr nach und lächelte. Die Herzenswärme und Leichtigkeit dieser kurzen Begegnung tat ihr gut und sie nahm sie tief in ihrem Herzen auf und bewahrte sie noch eine Weile für den Rest ihres Aufenthalts.

Sie stand oben auf dem Kirchturm der Klosterkirche und blickte auf den Fluss und das Tal vor ihr - die anderen Besucher um sich, die untereinander schnatterten und ein Foto nach dem anderen machten bemerkte sie gar nicht. Sie atmete tief durch - fühlte sich verbunden und wenn sie überhaupt noch einen Zweifel an den alten Geschichten gehabt hatte, waren sie nun erloschen.

Ein leiser Ping-Ton riss sie aus ihrer Zufriedenheit, aber nur einen kurzen Moment. Ihr Stirnrunzeln wurde zu einem Lächeln. Geoffrey hatte Zeit gefunden, die Fotos genauer zu betrachten, die sie ihm geschickt hatte.

»Die Burg sieht genauso aus, wie ich sie gesehen habe...«, schrieb er.

Sie atmete auf. Sie wusste noch immer nicht genau, was sie hier gesucht hatte, aber wenn es in ihr darum gegangen war, den letzten Zweifel an den alten Pfaden und der Echtheit dieser beinahe 1000 Jahre alten Erinnerungen zu beseitigen, dann war diese Reise sehr erfolgreich gewesen.

Der Verlust von Zeit und Raum in Zimmer 110

Diese kleine Erkenntnis schien ihr nicht so tiefgreifend wie andere, die sie von ihren Reisen mitgebracht hatte, aber sie praktizierte noch einmal mit einem Touch mehr Selbstsicherheit. Genug, um Geoffreys Zweifeln an ihren Methoden konstruktiver zu begegnen, als vorher, als seine Zweifel noch die Macht hatten sie selbst zu verunsichern.

Einige Wochen nach ihrer Rückkehr von der Klosterfahrt schrieb er ihr, dass er wieder regelmäßig Schmerzen im Rücken hatte. Diese immer wieder auftretenden Schmerzen, egal wie oft er bei ihr eine Massage oder Beratung in Anspruch nahm, machten ihn mürbe. Ja, allmählich verlor er die Hoffnung daran, irgendwann wirklich schmerzfrei zu sein. Sie hatte ihm oft erklärt, dass er auch weiter an seinen Lebensthemen arbeiten musste, auch wenn der Schmerz nach einer Session mit ihr vorerst verschwand. Solang er nichts an seinem Lebensstil, seinen Sichtweisen oder Strukturen änderte, würden die Schmerzen sich wieder einschleichen.

Schmerzen im Rücken oder im Bewegungsapparat waren selten solche, die man einfach mit einer Salbe oder einer Pille behandeln konnte - auch wenn Werbeversprechen im Fernsehen oder auf Plakaten etwas anderes verhießen. Langanhaltender Erfolg erforderte mehr, als sich eine Tablette in den Mund zu stecken und damit die bloßen Symptome für eine gewisse Zeit zu lindern. Es erforderte mehr als Blockaden durch Massage aufzulösen, nur um im Leben die gleiche Haltung in alten Strukturen einzunehmen und sich dann zu wundern, dass die selbe Haltung wieder zu den selben Problemen führte.

Aber Sophia würde ihm helfen, wie sie jedem Menschen helfen würde, der mit seinen Problemen zu ihr kam. Auch wenn er scheinbar nicht dazu lernen wollte.

»Ich habe dir schon oft gesagt, dass du das nicht allein tun musst. Den letzten Schritt vielleicht, aber bis zu einem gewissen Punkt, kann ich dich unterstützen. Du musst nur bereit sein genau hin zu sehen. Was lässt dich da so erstarren?«

»Ich weiß nicht...«, schrieb er zurück »Wenn du davon erzählst, dann klingt das alles immer sehr überzeugend, aber wenn ich ehrlich bin... ich glaube nicht an diesen übersinnlichen Firlefanz...«

Vielleicht hatte er nicht damit gerechnet, dass sie so schnell und klar darauf antworten würde, denn auf ihren Konter, dass sie schon oft an diesem Punkt gewesen waren und es ihm geholfen hatte, sobald er sich darauf eingelassen hatte, erhielt sie keine Antwort.

Als er auch am nächsten Tag bis nach dem Frühstück nichts geschrieben hatte, nahm sie die Initiative und schrieb: »Ich möchte mich nicht mit dir streiten, Geoffrey. Und - auch wenn es für dich vielleicht nicht so klang: ich werde nicht versuchen, dich von irgendetwas zu überzeugen. Das ist nicht der Sinn der Sache. Das wäre kontraproduktiv - was du glaubst oder nicht glaubst, liegt ganz bei dir! Wenn du mitgehst, ohne wirklich zu glauben, dann wirst du den letzten Schritt nicht allein gehen – und dann wird der ganze Prozess keine nachhaltige Veränderung bewirken. Das ist es, was du gerade erlebst..."

Du hast gemerkt, dass es dir besser ging, wenn wir auf den anderen Ebenen miteinander gearbeitet haben. Aber wir haben immer zu früh aufgehört – mit der eigentlichen Arbeit konnten wir noch gar nicht richtig beginnen...«

Es dauerte ein wenig, bis er antwortete, aber als sie zwischen zwei Sitzungen eine Pause machte und auf ihr Handy schaute, hatte sie eine Nachricht von ihm auf dem Bildschirm:

»Auch ich will mich nicht mit dir streiten, Sophia. Aber diese Schmerzen machen mich wirklich verrückt, und ich habe ein wenig die Hoffnung verloren...«

»Also erstmal wieder ein Pflaster?«

Diesmal kam die Antwort umgehend: »Ein so großes Pflaster gibt es gar nicht. Habe das Gefühl, ich bin innen hohl und kann mich gar nicht mehr bewegen...«

Trotzdem machte er schließlich doch einen Termin bei ihr. Und diesmal für das ganze Programm: Massage, Betrachtung, Aufstellung – alles, was möglich und nötig war.

Er buchte ein Hotel in einem benachbarten Ort von Sophias Praxis, was sich gut traf, denn die Massagen, die Sophia heute gegeben hatte, sollten für eine Woche die letzten in ihren Räumen gewesen sein. Ihre Arbeitsräume und das danebenliegende Erdgeschoss sollten renoviert werden.

Sophia plante genug Zeit ein. Nach allem was Geoffrey erzählt hatte und wenn sie ihre bisherige Begegnung betrachtete, wäre es am Besten so viel wie möglich abzuarbeiten, solange er dort und greifbar wäre.

Sie packte ihre Massageliegeliege, Essen und Trinken in ihren Geländewagen und fuhr in Richtung des gebuchten Hotels.

Sie empfand eine seltsame Mischung aus Vorfreude und Sorge. Etwas das Geoffrey definitiv nicht mit ihren anderen Klienten teilte. Ebenso die Art des Kontakts. Hier und dort kam gewiss einmal eine Frage zu Kräutern, Tees oder Salben von ihren anderen Klienten oder ob sie sich in einer gewissen Art und Weise nun ernähren sollten. Aber der Kontakt mit Geoffrey war doch regelmäßiger, intensiver und irgendwie … vertrauter.

Sie lächelte ein wenig bitter. Mit den meisten ihrer anderen Klienten verband sie aber keine alte Seelenbindung wie sie hier zwischen Elisabeth und Richard bestand. Sie hatte immer gedacht, es wäre leicht das alles auseinander zu halten. Arbeit und Privates Vergangenheit und Gegenwart. Aber nun musste sie sich eingestehen, da war doch mehr. Geoffrey war ihr nicht egal. Im Gegenteil, sie hatte langsam das Gefühl, dass sie eine verlorene Liebe wiedergefunden hatte.

Als sie auf den Parkplatz fuhr, sah sie ihn schon vor dem Hotel unter dem Vordach stehen. Er winkte kurz, drückte die Zigarette aus, die er dort geraucht hatte und kam ihr lächelnd entgegen. Sie begrüßten sich mit einer tiefen Umarmung und als Sophia begann aus dem Wagen zu laden, was sie für diese Sitzung brauchen würden, fragte sie über die Schulter: »Sag mal Geoffrey, können wir uns eigentlich auch mal ganz normal treffen? Irgendwie ist es doch immer chaotisch mit uns.«

Geoffrey lächelte: »Es ist eben alles anders zwischen uns.«

Er half ihr die Liege und ihre Tasche ins Hotel zu tragen und er führte sie einen Gang entlang zu seinem Zimmer. Als sie die Nummer sah, musste sie lachen.

»Zimmer 110? Wie passend.«

»Ich bin und bleibe eben ein Notfall.«

Das Zimmer war groß und modern eingerichtet. Sie atmete aus. Es war viel besser, als die Hotelzimmer, die Geoffrey sonst immer gebucht hatte. Nicht eng und platzsparend, selbst der Blick ging in die Weite, über Rapsfelder bis hin zu einem blauen Streifen Meer.

Vor allem aber würde sie hier genug Platz haben, sich zu bewegen und zu arbeiten.

»Wo soll ich dir die Liege denn aufstellen?«, wollte Geoffrey wissen, aber Sophia meinte er solle sie ersteinmal gegen das Bett lehnen. Sie musste erst einmal ankommen, den Raum in sich aufnehmen und ihre eigenen Gedanken sortieren.

Sie erzählte ein wenig, wie die Räume in ihrem Haus neu gestaltet werden würden, er erzählte, wie seine Anreise war und sie tauschten einander über die zurückliegenden Tage aus. Es war ruhig und entspannt, ein wenig von der Qualität der Texte, die sie über die letzten Wochen und Monate ausgetauscht hatten und nicht wie ihr letztes Gespräch, dass sie gehabt hatten, als sie sich das erste Mal allein begegnet waren und Geoffrey nicht wusste wohin mit seiner Aufregung und Verwirrung.

Nach einer guten Stunde bauten sie schließlich die Liege auf, legten die Öle und Tücher aus, die Sophia benötigen würden und nachdem sie ruhige Musik auf dem Handy gestartet hatten, atmete Geoffrey tief durch und sagte: »Dann wollen wir mal - was kommt jetzt? Soll ich mich ausziehen?«

Er klang ein wenig aufgeregt und ihr wurde klar, dass das seine erste Massage bei ihr war.

»Leg dich erstmal hin, ich muss erstmal ein paar Dinge durchgehen, bevor wir richtig anfangen können... «

Während sie sich um ihn herum bewegte erklärte sie ihm ruhig, was sie tat und als nächstes tun würde.

Zuerst nahm sie seine Füße in die Hände, um zu spüren, ob die Energien in beiden harmonierten – erst dann wollte sie mit der Massage beginnen.

Als ihre Bedenken zerstreut waren, bat sie ihn sich nun frei zu machen.

»Alles?«

Wieder schüttelte sie den Kopf. »Nur den Oberkörper frei machen, das reicht...«

Geoffrey kam dem nach und sie hängten sein Hemd und Sakko über einen nahen Stuhl. Dann legte er sich auf den Bauch und diesmal war da kein Widerstand, als Sophia ihre Hände auf seinen Rücken legte und begann die Blockaden in seinen Muskeln zu bearbeiten. Es war wieder wie beim ersten Mal, als würde sie Stahl bewegen und den Lauten die Geoffrey von sich gab nach, war es zuerst auch eher schmerzhaft. Aber sie waren gut miteinander verbunden und nach den ersten Durchgängen lief alles wie von selbst.

Nachdem die Verspannungen aus dem Rücken gelöst waren, sollte Geoffrey nun seine Hose ausziehen, damit sie bei seinen Beinen weiter machen konnte. Verspannung im Rücken blieb meistens nicht nur im Rücken, es waren meist mehr Muskeln daran beteiligt, als sich die Klienten immer ausmalten.

Nach diesem ersten Kraftakt machten sie eine Pause. Geoffrey warf sich die Hose und das Hemd über und sie setzten sich auf den Balkon, genossen die Aussicht und mussten nicht viel sagen. Es war nichts in dieser Stimmung was Worte hätten beschreiben können, eine Vertrautheit, die keine Worte brauchte. Und sie genossen beide das Gefühl, einander schon ewig zu kennen, dem anderen nichts vormachen zu müssen.

»Nachdem wir nun deinen Körper behandelt haben, «, sagte sie, als sie nach einer Weile wieder im Zimmer standen, »wird es Zeit mit Geist und Seele weiter zu arbeiten.«

Sie sah, wie er die Brauen hob, aber er schien noch viel zu entspannt von ihrer vorherigen Arbeit, um die Angst zu empfinden, die sich sonst bei der Erwähnung »Geist und Seele« oder »Energiearbeit« in seinen Ton oder seinen Blick schlich. Das einzige was sie nun in seinem Blick sah, war Vertrauen. Er machte eine vage Geste in die Mitte des Raumes, als wollte er sie zum Tanz auffordern und sie begann eine besondere Art der Energiearbeit.

Sophia atmete tief durch. Das was sie nun tat war speziell. Gewöhnlich war sie als Person in den Aufstellungen ihrer Klienten nicht beteiligt, sie war ein Medium - eine Leiterin. Diesmal war sei beides. Sie hatte die Selbstaufstellung schon oft als Mittel der Selbstreflexion genutzt, aber hier in Verbindung mit Geoffrey, war sie sich der emotionalen Tiefe bewusst und da es in erster Linie um Geoffrey ging und am Rande um sich selbst und wenn es ihr gelingen würde diesen Fokus zu halten, dann konnte sie es vertreten.

Eine ander Möglichkeit hatte sie auch nicht - denn sie war unweigerlich ein Teil von Geoffreys System - durch die Verbindung mit Elisabeth und Richard vielleicht mehr als jemand sonst - und wollten sie auf die Punkte schauen, die ihm zu schaffen machten, dann musste sie sich mit aufstellen.

Sollte sie selbst an den Punkt kommen, dass sie auf eigene Blockaden stieß, konnte sie immer noch die Hilfe eines eigenen Coaches suchen, aber an solche Dinge dachte sie in diesem Moment gar nicht mehr. Es füllte sich einfach richtig und natürlich an - wie der unausweichlich logische Schritt nach der Körperarbeit.

Sie stellten sich also gegenüber und Sophia bat Geoffrey ihr in die Augen zu sehen, da sie die Tore zur Seele wären. Gleichzeitig verspürten beide den Impuls aufeinander zuzugehen. Dieses Gefühl war so intensiv, dass Sophia erschrak und den Augenkontakt und die Aufstellung abbrach.

Geoffrey schien ein wenig enttäuscht - immerhin hatte er endlich ein intensives Gefühl erlebt.

»Nur weil ein Gefühl intensiv ist, heißt das nicht, dass es hilfreich ist«, erklärte Sophia. »Es hätte uns nur abgelenkt und deinen eigenen Heilungsprozess behindert...«

Sie fragte sich insgeheim, wie oft er sich wohl schon selbst im Weg gestanden hatte – auf seinem Weg zurück zu mehr innerer Kraft.

»Aber es gibt noch andere Wege, wie wir dem Kern deines Problems auf den Grund kommen können.«, lächelte sie. »Es geht vielleicht nicht ganz so schnell...«

Sie bat ihn sich zurück auf die Massageliege zu legen, diesmal auf den Rücken. Er streifte sein Hemd erneut ab, hängte es über die Lehne des Stuhls und legte sich hin. Sie nahm Verbindung zu ihm auf, indem sie ihre Hände auf seinen Bauch legte und spürte, wie er sich unter ihren Händen entspannte.

Sophia begann ruhig mit ihm zu sprechen ohne die Hände zu heben und den Kontakt zu ihm aufzugeben. So begleitete sie ihn durch die verschiedenen Phasen seines Lebens. Durch die so hergestellte Verbindung konnte sie während er erzählte spüren was er spürte und sehen was er sah.

Wie in jedem Leben eines Menschen gab es auch in Geoffreys Ereignisse die ihn tief geprägt hatten, aber nichts was ausschlaggebend gewesen wäre für den tiefen Seelenschmerz unter dem er sich regelmäßig beugte und der sich in seinem

Rücken als dieser wiederkehrende Schmerz immer in den selben Muskelpartien zu manifestieren schien.

Sophia ging diese Muskelpartien durch, die ihn schon bei der ersten Massage und auch heute so gequält hatten und als sie in seinen Nacken fasste, überkam sie plötzlich ein unglaublicher Ekel. Es war sein Ekel und sie fragte leise: »Wovor ekelst du dich so sehr?«

Er schluckte schwer, um überhaupt antworten zu können.

»Vor Schlangen.«

Sie runzelte die Stirn.

»Wovor?«

Er atmete aus: »Vor meiner Frau.«

Nun atmete auch sie aus und nahm ihre Hände von seinen Schultern.

Es war Zeit für eine Pause, sie hatten etwas wichtiges - etwas essentielles - herausgearbeitet. Während sie auf dem Balkon saßen, begann Geoffrey zu erzählen. Wie er seine Frau kennengelernt hatte, was ihn an ihr fasziniert hatte, wie sie sich verändert hatte oder... vielleicht war sie schon immer so gewesen und er hatte es nur nicht gesehen und irgendwann nicht wahr haben wollen. Sophia stand neben ihm und hörte zu.

Schließlich schüttelte er den Kopf: »Verleugnung und Verdrängung... Ich meine - ich beschäftige mich ja erst durch dich mit so Psycho-Kram... Aber ist das wirklich möglich? Ich meine, dass Verdrängung solche Ausmaße annimmt, dass sie mich so... lähmt? Ich meine nicht nur körperlich, auch... emotional?«

Sie nickte. »Aber es muss nicht so bleiben.«

In seinem Blick mischte sich Hoffnung und Widerstand. Vielleicht fürchtete er kurz, er sollte nun sofort handeln, im Hier und Jetzt - gegenständlich... aber sie beruhigte ihn.

»Du musst dich energetisch von dieser Fessel befreien, um handeln zu können. Sonst ist jede Handlung im Außen eine überstürzte Handlung, die dir nur schadet. Die Fessel wird bleiben...«, sie sah ihn ernst an: »Das ist der letzte Schritt, von dem ich gesprochen habe, Geoffrey. Wir werden uns wieder aufstellen, uns über die Augen verbinden - aber nun haben wir ein konkretes Ziel: bildlich gesehen wurde dir ein Schwert mit ins Bett gelegt - du trägst einen Würger am Hals und eine Fessel an deinem rechten Fuß. Bist du bereit diese Fesseln mit dem Schwert zu durchtrennen?«

Er nickte. Der Widerstand und die Angst waren aus seinen Augen einem Staunen gewichen. Er hatte selbst diese Bilder vor Augen gehabt von denen sie nun sprach.

Sophia fragte ihre Geistführer ob es ihre Aufgabe war die Fessel zu durchtrennen.

Nein.

Er musste es selbst tun.

Nun war es Sophia die in die Mitte des Raumes wies, diesmal lud sie ihn ein zu diesem besonderen »Tanz«.

»Wir verbinden uns jetzt wieder über die Augen, dann werden wir sie gleichzeitig schließen und ich werde dich die ganze Zeit nicht ansehen - bis die Fesseln gelöst sind.«

Diesmal kam die Verbindung noch schneller zu stande und ohne die ablenkenden Impulse. Sie sahen gleichzeitig das Schwert und Geoffrey beschrieb, wie Sophia es sah.

»Dort ist keine Fessel, Sophia. Es ist mehr wie eine Kette.«, sagte Geoffrey, als er im Geist an sich herab sah und die Verbindung von Würger und Fußfessel betrachtete.

»Willst du dennoch versuchen sie mit dem Schwert durchzuschlagen oder brauchen wir eventuell ein anderes Werkzeug?«

»Nein! Ich schlage das alles einfach durch mit dem was ich habe...«

Sophia war noch mit der Frage beschäftigt, wie er das Schwert so schwingen wollte, dass er die Kette treffen konnte ohne sich selbst zu verletzen, aber da hatte er das Schwert schon erhoben und schlug zu.

Er traf - das Klirren schmerzte in den Ohren - die Kette allerdings schien nicht einmal eine Kerbe davongetragen zu haben. Geoffrey ließ sich nicht entmutigen - er schlug noch einmal zu und dann erneut... die Kette zersprang.

Geoffrey schwankte plötzlich - es schien als habe die Kette ihn nicht nur gefesselt - sie hatte ihm Halt gegeben und ihn aufrecht gehalten.

»Konzentrier dich Geoffrey!«, rief ihm Sophia zu - sie hatte die Augen nun geöffnet, eine Hand erhoben und ausgestreckt, um ihn zur Not halten zu können, damit er sich nicht verletzte. Sie sprach laut, damit er - der die Augen noch geschlossen hatte, einen Fixpunkt hatte an dem er sich orientieren konnte. »Du hast es fast geschafft - versuche den Würger und die Fußfessel zu lösen...«

Geoffrey atmete tief durch, aber es gelang ihm, sich zu orientieren und nach kurzer Zeit stand er wieder sicherer auf beiden Beinen.

Während Geoffrey noch keuchend auf die Stimme reagierte, die ihm wie ein Leitstrahl entgegenhallte, suchten seine Hände instinktiv nach dem Eisen um seinen Hals. Die Bewegung kam nicht aus einem Entschluss heraus, sondern aus einem inneren Drang, als hätte sein Körper schon längst verstanden, was sein Kopf noch begreifen musste: Der Würger musste nicht zerschlagen, sondern nur gelöst werden.

Die Finger fanden das kalte Metall. Ein Ruck. Ein Klicken. Dann fiel die schwere Kette wie ein toter Ast von seinem Körper.

Sein Blick war noch immer nach innen gekehrt, als seine Hände tiefer glitten, zu den Fesseln um seine Füße. Der Verschluss war grob, aber nach dem ersten Widerstand gab auch dieser nach – und dann stand er einen Moment lang einfach nur da.

Frei.

Doch es war keine Befreiung wie in Heldensagen. Kein Siegestaumel. Eher das Gegenteil.

Die Spannung wich aus seinem Körper wie Luft aus einem durchstochenen Ballon. Er sackte in sich zusammen, taumelte, fiel.

Sophia fing ihn gerade noch ab und half ihm auf die Liege zurück. Er atmete schnell, zu schnell, und begann nach seinem Gesicht zu greifen – immer wieder, fahrig, suchend, fassungslos.

»Was ist in meinem Gesicht?!«, stieß er hervor, seine Stimme brüchig vor Panik. »Was ist das?! Es fühlt sich an wie... wie tausend Fäden! Und meine Schultern... sie brennen... Sophia, was ist das?!«

»Mein Hals!«, keuchte Geoffrey, die Hand auf der Kehle, als würde etwas in ihm glühen. »Was ist mit meinem Hals?! Der ist so heiß – es brennt!«

Sophia schloss für einen Moment die Augen, holte tief Luft – dann legte sie die Hände an seinen Kopf. Ihre Finger bewegten sich in weichen, sicheren Bahnen, glitten über Schläfen, Stirn, Nacken. Es war kein Streicheln, sondern ein gezieltes Leiten.

Sie folgte einem Strom, der nicht sichtbar, aber deutlich spürbar war.

Energien, die sich auf inneren Ebenen gelöst hatten, entluden sich nun durch den Körper – nicht mehr wie ein Gefängnis, sondern wie ein Strom, der einen Ausgang suchte. Sophia begleitete ihn. Ihre Hände fuhren entlang des Halses, über Schultern, Rücken und Arme, dann weiter nach unten – über die Beine, bis hin zu den Füßen.

»Lass los…«, murmelte sie kaum hörbar. »Du bist durch… du musst es nicht halten…«

Schließlich atmeten beide erschöpft durch. Sie waren nicht nur müde - sie waren beide erschöpft. Geoffrey von dem was er sich selbst abgerungen und Sophia von dem was sie gehalten, geleitet und angestoßen hatte.

Sie lagen Kopf an Kopf auf dem KingSized-Bed der Suite und ruhten sich aus. Anders als zuvor hatte keiner von ihnen das Bedürfnis, viel zu sagen. Es war alles gesagt und alles getan… Die Vergangenheit spielte ebenso wenig eine Rolle wie die Zukunft, sie waren nur hier und jetzt, wie sie waren, nicht wie sie sein wollten oder sein würden…

Sophias rechte Hand ruhte auf ihrem Bauch, die linke hatte sie nach oben gelegt, als sie plötzlich spürte, wie Geoffrey seine Rechte neben ihre legte.

Da Sophia seinen Genesungsprozess nicht gefährden wollte, zog sie die Hand vorsichtig zurück und setzte sich auf. Geoffrey schien sich inzwischen wieder beruhigt zu haben, er wirkte beinahe entspannt - vor allem aber nachdenklich. Sie sprachen noch eine Weile leise über das was Geschehen war.

»Ist das normal?«, wollte er wissen. »Sehen andere Menschen auch, was ich sehe?«

Sophia erklärte ihm, dass sie das nicht wisse. Jeder habe seine eigenen Motive, Ängste Hindernisse oder Fesseln. Nicht jedem wurde ein Schwert in die Hand gegeben, um diese Fesseln zu durchtrennen.

»Ich vergesse sofort, was geschehen ist, wenn ich die Menschen durch diese Prozesse führe. Wenn du mir jetzt nicht davon erzählt hättest, wüsste ich nichts davon…«

Er nickte nachdenklich und schlug einen Szenenwechsel vor, Erholung für die Augen: das Meer, der Strand, ein wenig frischer Wind im Gesicht?

Sie nahmen seinen Wagen und während sie gemeinsam das Wasser entlang gingen, entschuldigte er sich für sein Verhalten die letzten Wochen.

»Ich wollte nicht so abweisend sein. Manchmal war ich nur so … gefangen von allem. Dem Job, der Familie, den Ansprüchen … nur ein falscher Schritt Sophia, und man würde mich nicht einmal mehr eines verächtlichen Blicks würdigen…«

So kannte sie ihn noch gar nicht. Während Geoffrey von sich erzählte und nachdenklich auf die heranrollenden Wellen blickte, betrachtete Sophia, sein Haar, welches nach vorn immer so gezähmt und schick saß und nach hinten aber vom Wind leicht zerzaust aussah.

»Im Gesicht ganz Geoffrey… aber von Hinten … der Hinterkopf, die leicht zerzausten Haare, die Schultern - das war Richard, der Lord, den Elisabeth einst geliebt hatte.

»Zwei Gesichter…«, dachte sie. Eines der Vergangenheit und das was die Zeit aus ihm gemacht hatte. Sie behielt diese Betrachtung für sich und genoss vielmehr den Augenblick, den sie auf ein Essen in einem nahen Strandlokal ausdehnten.

Die Gespräche flossen leicht, als würden sie sich nicht neu begegnen, sondern nur an einen alten Faden anknüpfen, der nie ganz abgerissen war. Das Rauschen der Brandung vermischte sich mit Lachen, gelegentlichen Pausen, in denen sie einander ansahen, ohne etwas sagen zu müssen.

Es war eine dieser seltenen Stunden, in denen die Welt da draußen für einen Moment innehielt – kein Plan, kein Ziel, nur zwei Menschen an einem Tisch, die Zeit vergaßen und sich näher kamen, ohne sich einander erklären zu müssen.

Als sie zurückfuhren, war es langsam, beinahe zögerlich. Noch immer gab es so viel zu erzählen, und sie nutzten die gemeinsame Zeit bis zum letzten Moment.

Geoffrey half ihr, die Sachen zusammenzupacken und wollte selbstverständlich auch die Massageliege zum Auto tragen.

»Kommt nicht in Frage!«, protestierte sie mit einem entschiedenen Lächeln. »Vergiss nicht, dass du heute schon ordentlich im Rücken gearbeitet hast. Wie letztes Mal: zwei Tage keinen Leistungssport – und Liegen die Treppe runterzutragen gehört definitiv dazu!«

Er öffnete den Mund, um zu widersprechen. Es war ihm sichtlich unangenehm, untätig zu sein – aber Sophia lachte nur. »Das wird schon gehen.«

Dass sie mit der sperrigen Liege an fast jeder Stufe hängen blieb und sich ihr Abstieg mit einem rhythmischen Klack – Klack – Klack ankündigte, amüsierte sie umso mehr.

»Immerhin kam uns keiner entgegen – Glück gehabt!«, scherzte sie, als sie schließlich beim Auto angekommen waren.

Geoffrey strich ihr sanft über das Haar. Sie verabschiedeten sich mit einer langen, wortlosen Umarmung.

Am nächsten Tag rief Sophia ihn an. Nichts Besonderes. Nur eine kleine Nachfrage, wie es ihm gehe.

»Müde. Aber gut«, antwortete Geoffrey, und da war dieses leise Innehalten am Ende seiner Stimme, das zwischen den Zeilen sagte, dass noch etwas blieb – nicht unausgesprochen, aber unausgedrückt.

Er fragte, ob sie noch Kräuter für ihn hätte. Und ja, natürlich hatte sie. Sie stellte sie zusammen, bedacht, mit einem kleinen Lächeln auf den Lippen, das sie selbst nicht ganz verstand.

Als Geoffrey in der Tür stand, wirkte alles leicht. Selbstverständlich. Fast so, als hätten sie sich nie fremd gewesen.

Sie erklärte ihm ruhig die Anwendung – und er hörte aufmerksam zu, nickte, fragte nichts. Dann drehte er sich um, schon fast am Gehen, und blieb doch noch einen Moment stehen.

»Sehen wir uns wieder?«, fragte er.

Sophia sah ihn an, und das Ja kam wie von selbst.

»Ja, sehr gerne.«

Er ging.

Und irgendetwas blieb zurück. Nicht in der Luft, nicht im Raum – sondern in ihr.

Später, unterwegs zu einem Hausbesuch, kam es ohne Vorwarnung.

Ein Gefühl, das sich wie eine Berührung anfühlte – als hätte jemand einen Finger auf ihr Herz gelegt. Sie fuhr rechts ran, hielt an und legte die Stirn aufs Lenkrad. Die Tränen kamen still, aber unaufhaltsam.

Geoffrey hatte sie gesehen. Nicht nur als Frau, nicht als Heilerin, nicht als Projektionsfläche.

Er hatte sie gesehen – so wie sie war.

Und das allein war schon mehr, als sie je erwartet hatte.

Aber nicht alles, was sich erfüllt, blieb und sie musste ihn los und in seine eigene Welt gehen lassen.

Der Abschied von Elisabeth

Für die weitere Arbeit mit Geoffrey – und in der Hoffnung, selbst einen Schritt auf ihrem Weg zur inneren Genesung zu machen – hatten sie sich wiederholt verabredet.

Das Haus war inzwischen fertig renoviert, und Klienten konnten wieder zu ihr kommen.

Sie war gespannt, was eine Sitzung mit Geoffrey in ihren eigenen Räumen bewirken würde – nicht nur für ihn, sondern vielleicht auch für sie selbst.

Sophia war hoffnungsfroh und fühlte sich im Einklang mit sich selbst. Die letzte Session mit Geoffrey war vielversprechend verlaufen: Er hatte sich geöffnet für das, was sie tat – auch wenn er weiterhin behauptete, nicht an die Existenz einer Seele zu glauben. Doch den Erfolg, den er durch Sophias ganzheitliche Arbeit erzielte, konnte er längst nicht mehr leugnen.

Aber Sophia war gar nicht in dieser Kampfstimmung, Beweis - Gegenbeweis. Sie war im Einklang mit sich selbst und freute sich auf die nächste Begegnung mit Geoffrey. Sie nahm sich Zeit an diesem Morgen, schlendere über den Wochenmarkt, kaufte Köstlichkeiten aus der Region und richtete sogar das Gästezimmer für ihn her, denn sie hatten verabredet einige Sessions hintereinander zu machen, mit genug Pausen dazwischen: für Einklang, Austausch und damit sein Körper sich von der Arbeit erholen könnte.

Als sie zuhause ankam fing es an zu tröpfeln und als Geoffrey schließlich auf den Hof gefahren kam, regnete es richtig. Sophia war noch damit beschäftigt, den Rest der Einkäufe ins

Haus zu bringen, die Tasche über der Schulter winkte sie ihm zu.

Vielleicht lag es an der Spiegelung, aber Geoffrey starrte, schien sie nur anzustarren und keine Miene zu verziehen. Er stieg auch nicht aus dem Auto um sie zu begrüßen.

Sophia runzelte kurz die Stirn, aber sie kannte die Strapazen der Fahrt, noch von damals, als sie die Strecke mit Jack gefahren war. Es lagen einige hundert Meilen und - wenn der Verkehr zäh war, besonders zur Urlaubszeit - beinahe ein halber Tag zwischen ihnen. Sie ließ ihn also erst einmal ankommen und hoffte, es würde ihm besser gehen, sobald er die Schwelle ihres Hauses betrat.

Aber als er schließlich ins Haus kam, etwas steif mit gerunzelter Stirn und kritischem Blick, hatte sie das Gefühl, es würde ein Fremder vor ihr stehen. Wo war der charmante Geoffrey vom letzten Treffen?

»Vermutlich hat er wieder Schmerzen und ist deswegen versteift, «, dachte sie - hoffte sie. Und ganz leise schlich sich der Gedanke in ihren Geist: »Zwei Gesichter - und wenn der Lord schweigt... was bleibt dann übrig von Geoffrey?«

Eine kalte Maske? Der kalkulierende Geschäftsmann, der sich nicht anders zu helfen wusste, als in seinen Strukturen zu bleiben, der Angst vor Abweisung hatte und deswegen lieber selbst abwies?

»Wer weiß, was er seit unserem letzten Treffen erlebt hatte. «, dachte sie sich und mahnte sich zur Geduld. Das Treffen, bei der ihr schmerzlich bewusst gewesen war, dass sie ihn in eine - seine - andere Welt entlassen musste. Eine Welt aus der er regelmäßig erkaltet zurückkehrte.

»Lass uns anfangen, damit du ruhiger wirst... dich entspannen kannst.«, sagte sie laut und er nickte nur - die Stirn noch immer in Falten gezogen.

Sie bereitete die Liege vor, legte Musik auf, bei der er kurz stutzte und es für einen Augenblick aussah, als wollte er eine spöttische Bemerkung machen. Doch dann zuckte er nur ein wenig steif mit den Schultern und legte sich hin.

Sie spürte sie sofort wieder. Die alten Blockaden. Die Knoten – das verschlossene Herz – als wäre all die Arbeit, die sie bereits gemeinsam geleistet hatten, nie geschehen.

Sie versuchte, sich nicht zu sehr von sich und ihren eigenen Gedanken ablenken zu lassen, aber es fiel ihr heute schwer, mit ihm zu arbeiten.

Sie hatte kein gutes Gefühl dabei, und die Leichtigkeit, mit der sich ihre Energien zuvor aufeinander eingestimmt hatten, stellte sich nicht ein.

Selbst bei ihrem allerersten Treffen vor so vielen Jahren – jener »Aufführung« ihrer Fähigkeiten in Geoffreys Haus – hatte sie nicht das Gefühl gehabt, gegen so viel inneren Widerstand anzuarbeiten.

Dennoch löste sie die Blockaden, in seinem Rücken - Blockaden die für sein Herz standen. »Angst«, dachte sie und hatte die Befürchtung, dass er aus Angst sein Herz erneut verschlossen hatte. Nach außen hin trug er, wie beinahe jeder Mensch die Masken, mit denen er glaubte gut durchs Leben zu kommen. Der erfolgreiche Geschäftsmann, glücklich verheiratet, Haus, Kind... und im Rücken eine Blockade, die eine ganz andere Geschichte, die wahre Geschichte, erzählte.

Wie oft hatten sie diesen Panzer aufgebrochen, nur damit er verschlossen wieder zu ihr zurückkam? Die ganzen

Erkenntnisse, die er zuvor schon gehabt hatte, schienen vergessen. Aber das glaubte sie nicht. Sie wollte nichts unversucht lassen und vielleicht würde ihm ein anderer Blickwinkel helfen. Bisher hatten sie immer an ihm und seiner alten Seele gearbeitet, an den Strukturen, die ihn umgaben und zu denen sie auch entfernt gehörte. Aber was war Geoffrey - was war Richard, ohne Elisabeth?

Lag etwas zwischen diesen Seelen, was ihm nun noch Probleme bereitete? Und ihr?

»Lass uns einen anderen Blickwinkel versuchen.«, sagte sie darum, als er sich sein Hemd wieder angezogen hatte und sicher neben der Massageliege stand. »Ich habe dir von Elisabeth und Richard erzählt.«

Er nickte und zuckte gleichzeitig mit den Schultern.

»Ich werde mich heute das erste Mal als Elisabeth aufstellen und dich als Richard und dann als der, der du jetzt bist...«

Er hob die Hand, wie er es damals im Hotelzimmer schon getan hatte.

»Okay.«

Dennoch wirkte seine Geste eher nach Resignation und sein Ton war ein wenig hölzern - skeptisch. Er hatte sich allerdings auch nicht abgewandt - schien sich nur nicht sicher zu sein, was sie sich davon versprach...

Es lagen Welten dazwischen: zwischen ihnen, zwischen Geoffrey und Elisabeth, zwischen Riachard und Elisabeth - zwischen den Verbindungen, die sie in der Rückführung im Hotel am Meer und der Rückführung heute hatten.

Geoffrey sah heute nicht was sie sah - Geoffrey sah sie überhaupt nicht - er sah nicht wie sie wirklich war - nicht als Richard, nicht als Geoffrey - damals nicht und heute nicht.

Auch wenn sie es vor einigen Wochen, als sie ihn wieder zurück in seine Welt gelassen hatte, so anders gespürt hatte.

Die Verbindung dort war eine andere gewesen, kurz und sehr flüchtig offenbar.

Geoffrey war an diesem Abend nicht mit dem Herzen dabei. Vielleicht lag es daran, dass sie die Aufstellung über Elisabeth gemacht hatten und nicht über Richard oder Geoffrey selbst, aber er schien eben so verschlossen wie zuvor. Ihre Gespräche kratzen nur an der Oberfläche, verebbten schnell und es lag eine Spannung in der Luft - Sophia, versuchte verzweifelt eine Distanz zu überwinden, die unüberwindbar schien.

Geoffrey sah sie nicht, an diesem Abend sah er nicht einmal sich selbst und das schien ihn ungeheuer zu beunruhigen.

Am späten Abend saß er in einer Decke gewickelt am Feuer und starrte in die Flammen.

»Ich kann nicht lieben, Sophia. «, murmelte er. »Ich kann nicht lieben...«

Während er es wiederholt vor sich hin murmelte, stieg in Sophia eine bittere Erkenntnis auf. Er war der Wahrheit so nahe und war doch nicht bereit, diesen letzten Schritt zu gehen. Er war es gewohnt diese Leere in sich mit künstlicher Liebe und Anerkennung zu füllen, wo er sich zuerst mit Liebe zu sich füllen musste - nicht dieser künstlichen Liebe, nach Geld, Anerkennung vermeintlicher Erfolge, Status und Glamour, der Selbstliebe, die nur eine Maske war... echte Selbstliebe ist eine große Verantwortung und er schien noch nicht bereit sie zu übernehmen, suchte sie in anderen Menschen, die sie ihm nie würden geben können - es war eine Leere, die nur er selbst würde füllen können...

»Ich kann nicht lieben...«

Sie würde ihm nie geben können was er seit 900 Jahren gesucht hatte. Eine schmerzhafte Erkenntnis - auch für sie selbst. Dennoch kam sie ganz von selbst über ihre Lippen:

»Ich bin nicht dafür da, das du lieben kannst...«

Da sah er auf, sein Gesicht weiß und steinern, wie makelloser Marmor. Irgendwo Richard und irgendwo Geoffrey. Unerlöst, verzweifelt und hart.

Er ließ die Decke dort, wo sie ihm von den Schultern gefallen war, verabschiedete sich nicht. Es waren seltsame letzte Worte. Aber es waren letzte Worte. Er ging zur Tür hinaus und fuhr weg, löschte ihre Nummer, blockierte ihren Kontakt...

Sophia starrte die Tür an. Lange. Endgültig...

Am nächsten Tag war die Atmosphäre im Haus anders. Sie war anders. Etwas stimmte mit ihrem Körper nicht. Sie fühlte sich seltsam schwer, als würden Gewichte sie nach unten ziehen. Die leichtesten, alltäglichsten Dinge brauchten mehr Kraft als sonst. Ihr Herz raste und schmerzte, fühlte sich an, als würde es jeden Augenblick herausspringen. Dabei tat sie nicht mehr, als am Tisch zu sitzen, Tee trinken... Hunger verspürte sie nicht.

Sie hatte schon viele Menschen behandelt. Sie kannte, Reaktionen auf Seele und Geist - aber gespürt, so gravierend gespürt am eigenen Leib hatte sie noch nie. Ihr Herz raste bis sie sich hinlegte und sich fragte ob sie alles für die Nachwelt erledigt hatte - einige Stunden lang glaubte sie, sie würde die nächste Nacht nicht überleben.

Ihr wurde plötzlich klar, welche Wunde der Kontakt mit Geoffrey und ihrer Befreiung in ihr Herz gerissen haben musste. Sie war verletzt worden auf einer Weise, dass sie sich selbst daraus nicht würde befreien können. Es war nichts was eine Selbstaufstellung wieder gerade rücken konnte - es war eine Intensität, bei der sie Hilfe von Außen holen musste.

Sie wandte sich an Grace – eine Schamanin, die sie energetisch reinigen und auf ihrem Weg zurück zu sich selbst begleiten sollte.

Grace kam zu ihr, an jenen Ort, an dem einst der Bruch entstanden war. Und vielleicht, dachte Sophia, konnte genau hier auch ihre innere Rückkehr beginnen – am Ursprung selbst.

Grace räucherte die Räume mit Kampfer und Salbei und versetzte Sophia in einen meditativen Zustand.

Sie sah: Elisabeth.

Sie saß auf einer Bank im Kräutergarten des alten Klosters, hinter ihr rankten ein paar Rosen - von denen noch eine blühte. Elisabeth saß aufrecht dort in der Abendsonne und blickte Sophia entgegen. Sophia ging zu ihr hinüber und setzte sich neben sie, blickte auf die Kräuter, den Garten und fragte: »Wie soll es nun weiter gehen?«

Elisabeth antwortete nicht in Worten. Sie stand auf, wartete, dass Sophia es ihr gleich tat und ging über den zwischen den Beten angelegten Kiesweg der Sonne entgegen, die jenseits der hohen Hecke unterging. Sie hielt Sophias Hand, sie sahen sich an und schließlich ließ Elisabeth Sophias Hand los und ging allein weiter auf den Ausgang des Kräutergartens zu.

Bevor sie ihn erreichte verschwand sie, dort wo die rote Abendsonne auf den Kiesweg fiel. Als wäre sie selbst nie mehr gewesen, als ein Sonnenstrahl. Warm und wichtig, aber nicht dafür bestimmt zu bleiben und zu verbrennen.

Sophia spürte nur ein kurzes Bedauern über das was vergangen war - über die Erfahrung die nun zu Ende war. Sie schaute noch einmal zurück, würde nicht vergessen woher sie kam, aber mit neuer Hoffnung weiter gehen - etwas Neues konnte beginnen, nun da das Alte zu Ende war.

Sie kehrte mit einem positiveren Gefühl zurück in »ihr Leben«, doch es dauerte noch eine Zeit lang, bis sie sich davon körperlich erholt hatte.

Behutsam ging sie mit sich um, traf sich nur gelegentlich mit alten Freunden und verbrachte viel Zeit allein mit sich und der Natur.

Noch eine ganze Weile fehlten ihr die Kraft und die alte Lebensfreude. Schließlich suchte sie Grace ein weiteres Mal auf, damit diese sie erneut energetisch reinigte.

Das Trommeln setzte in Sophia seherische Fähigkeiten frei. Sie sah Bilder, die zu einem inneren Wandel beitrugen – der Trommelschlag ließ beides offen: Opferung und Aufstieg.

Sie sah sich selbst einen Berg erklimmen. Die Sonne wärmte ihr Gesicht, während sie den Blick über das weite Land schweifen ließ. Unten im Tal erkannte sie – weit entfernt – jene Menschen, die ihr Leid zugefügt hatten. Doch von ihrem Platz aus waren sie nur noch Figuren auf ihrem eigenen Weg. Sie hatten keine Macht mehr über sie.

In diesem Moment wurde Sophia klar:

Sie hatte ihre Kraft zurückgewonnen.

Das alte Karma Elisabeths – gelöst.

Sie war Sophia. Und sie war in ihrer Würde angekommen.

Ein neuer Abschnitt begann – nicht der erste, und vielleicht auch nicht der letzte.

Frei von der Last, aber mit dem Wissen um den Weg, der sie hierhergeführt hatte.

Ein Weg voller Begegnungen – mit Vertrauten, Verbündeten, Gegnern.

Nicht alles war geheilt.

Nicht alles vergessen.

Aber sie war frei.

Und sie war bereit.

Denn das Leben war nie dazu gedacht, vollkommen zu sein.

Sondern lebendig – eine Gelegenheit zu lernen, zu wachsen und dem eigenen Wesen näherzukommen.

Und vielleicht - irgendwann - ganz bei sich anzukommen.

Denn du bist nicht, was dir passiert ist.

Du bist, was du daraus gemacht hast.

Nachwort:

Heimkehr zu sich selbst

In den stillen Räumen unserer Seele begegnen wir jenen, die uns lehren, was unser Verstand oft nicht begreifen kann.

Karmische Verbindungen sind wie heilige Verträge – geboren aus alten Zeiten, getragen von unerfüllten Versprechen, nicht geheilten Wunden oder verlorener Liebe.

Sie führen uns zusammen, oft auf Wegen voller Schmerz, Sehnsucht und Herausforderungen.

Doch in Wahrheit sind sie Einladungen: aufzuwachen, zu wachsen und uns selbst wiederzufinden.

Gerade empathische Seelen – jene, die fühlen, was unausgesprochen bleibt – begegnen oft Menschen, die narzisstische Muster tragen. Diese Begegnungen sind keine Fehler. Sie sind Prüfsteine. Chancen.

Sie fordern uns auf, den Mut zu finden, unsere alten Anhaftungen zu lösen, die Lektionen anzunehmen und unsere Freiheit zu wählen.

Es bedeutet nicht, dass wir vergessen.

Es bedeutet, dass wir nicht länger in Ketten gehen, sondern den Schmerz als Brücke zu unserer eigenen Kraft erkennen – und die Fähigkeit entwickeln, unsere Selbstheilungskräfte zu stärken.

Es heißt, dass wir uns selbst mit offenen Armen empfangen – in Seelenstolz, in Freiheit, in Liebe

Manchmal führt uns das Leben durch Dunkelheit, damit wir unser eigenes Licht finden.

»Seelenstolz« ist die wahre Geschichte einer solchen Reise.

Eine Reise durch Schmerz, alte Verstrickungen – und das Wiedererwachen der eigenen Wahrheit.

Dieses Buch ist für alle, die spüren, dass sie für mehr bestimmt sind als Kampf und Zweifel.

Für alle, die bereit sind, sich selbst die Hand zu reichen und das eigene Leben aus einer neuen Kraft heraus zu gestalten.

Dein Schmerz definiert dich nicht.

Deine Stärke tut es.

Dein Herz kennt den Weg.

»Seelenstolz« ist die Erinnerung daran, wer du wirklich bist.

Und dass es nie zu spät ist, heimzukehren – zu dir selbst.

Und manchmal – ganz selten – öffnet sich zwischen zwei Seelen eine Tür.

Eine Erinnerung.

Ein Versprechen.

Eine neue Geschichte, die darauf wartet, erzählt zu werden.

Zur Autorin

Britta Möller begleitet seit über drei Jahrzehnten Menschen auf ihrem Weg zu ganzheitlicher Gesundheit und innerem Gleichgewicht. Ihre Arbeit vereint Körper, Geist und Seele in einer tiefgreifenden Verbindung.

Als Gründerin der Britta Möller Akademie schöpft sie aus dem reichen Wissen der heiligen Hildegard von Bingen.

In Behandlungen, Schulungen und Massagen nach Hildegard von Bingen gibt sie ihr umfassendes Wissen und ihre langjährige Erfahrung weiter.

Mit Seelenstolz teilt Britta Möller ihre Inspirationen, um Menschen Mut zu machen, ihrer inneren Kraft zu vertrauen und sich selbst zu finden.